金瓶梅詞話
萬曆本
十二
U0064240

第五十八回

潘金蓮打狗傷人

孟玉樓周貧磨鏡

第五十八回

懷妬忌金蓮打秋菊　乞臈肉磨鏡叟訴冤

綉幃寂寂思懨懨　萬種新愁日夜添
一鴈叫羣秋度塞　亂蛩吟苦月當簷
藍橋失路悲紅綫　金屋無人下翠簾
何似湘江江上竹　至今猶被淚痕沾

話說當日西門慶前廳陪親朋飲酒。吃的酩酊大醉。走入後邊孫雪娥房裡來。雪娥正顧灶上看收拾家火。聽見西門慶往後邊去。慌的兩步做一步走。先前郁大姐正在他炕上坐的。一面攛掇他往月娘炕屋裏。和玉簫小玉一處睡去了。原來孫雪娥在後邊。也住着一明兩暗三間房。一間床房。一間炕房。西門慶也有一年多。沒進他房中來。聽見今日進來。連忙向前替西門慶接了衣服。安頓中間椅子上坐的。一面在房中揩抹京蓆。收拾床鋪。薰香澡牝。走來遞茶與西門慶吃了。攙扶進房中。上床脫靴解帶。打發安歇。一宿無話。到次日廿八。乃西門慶正生日。剛燒畢紙。只見韓道國後生胡秀到了門首。下頭口。左右稟報與西門慶。西門慶叫胡秀到廳上。磕頭見了。問他貨船在那里。這胡秀遞上書帳。悉把韓大叔在杭州置了一萬兩銀子段絹貨物。見今直抵臨清鈔關。缺少稅鈔銀兩。方纔納稅起腳。裝載進城。這西門慶一面看了書帳。心中大喜。分付棋童看飯與胡秀吃了。教他往喬親家爹。那里見見去。不一時胡秀吃畢飯去了。西門慶進來對吳月娘說。如此這般。韓夥計貨船到了臨清。

使了後生胡秀。送書帳上來。如今少不的把對門房子打掃。卸到那里尋夥計收拾裝廂上庫。開鋪子發賣。月娘聽了。便說你上緊尋着。也不早了。還要慢慢的。西門慶道。如今等應二哥來。我就對他說。教他上緊尋貨。時應伯爵來了。西門慶在廳上陪着他坐對他說韓夥計。杭州貨船到了。缺少個夥計發賣。伯爵就說哥恭喜。今日華誕的日子。貨船到。決增十倍之利。喜上加喜。哥若尋賣手不打緊。我有一相識。却是父交子往的朋友。原是這段子行賣手。連年運拙閒在家中。今年纔四十多歲正是當年漢子。眼力看銀水。是不消說。寫筭皆精。又會做買賣此人姓甘。名潤。字出身。見在石橋兒巷住。倒是自己房兒。西門慶道。若好。你明日請他見我。正說着。只見李銘吳惠鄭奉三個。先來扒在地下磕頭起來旁邊跕立。不一時。雜耍樂工都到了。廂房中打發吃飯。就把卓子擺下。與李銘吳惠鄭奉三個同吃。只見荅應的節級。拏票來回話。小的叫了唱的。止有鄭愛月兒不到。他家鴇子說。收拾了纔待來。被王皇親家人。攔的往宅裡唱去了。小的只叫了齊香兒董嬌兒洪四兒。三個收拾了便來也。西門慶。聽見他不來。便道胡說。怎的不來。便叫過鄭奉問怎的你妹子。我這裡叫他不來。果係是被王皇親家。攔了去。那鄭奉跪下。便道小的另住。不知道。西門慶道。你說往王皇親家唱。就罷了。敢量我就拏不得來。便叫玳安兒近前分付。你多帶兩個排軍。就拏我個侍生帖兒。到王皇親家宅內。見你王二老爹。就說是我這里。請幾位人吃酒。這鄭月兒。荅應下兩三日了。好歹放了他來。倘若推辭。連那鴇子。都與我鎖了。墪在門房兒裡。這等可惡。叫不得來。就罷了。一面叫鄭奉。你也跟了去。那鄭奉又不敢不去。走出外邊來。央及玳安兒說道。安哥。你進去。我在外邊等着罷。一定是王二老爹府裏叫。怕不的還沒收拾去哩。有累安哥。若是沒動身。看怎的。將就教他好好的來罷。玳安道。若果然在王家宅裡去了。等我拏帖兒討去。若是在家藏着。你進去對他媽說。教他快收拾。一答兒來。俺就與你替他囬護兩句言語兒。爹就罷了。你每不知道性格。他從夏老爹宅定下你。不來。他可知惱了哩。這鄭奉一面先往家中說去了。玳安同兩個排軍。一名節級。後邊去着。且說西門慶打發玳安鄭奉去了。因向伯爵道。這個小淫婦兒。這等可惡。在別人家唱。我這裡叫他不來伯爵道。小行貨子。他曉的甚麽。他還不知你的手段哩。西門慶道。我倒見他酒席上說話兒伶俐。叫他來唱兩日試他。倒這等可惡。伯爵道。哥今日揀的這四個粉頭。都是出類拔萃的尖兒了。再無有出在他上的了。李銘道。你沒見愛香兒的。伯爵道。我跟你爹在他家吃酒。他還小哩。這幾年倒沒曾見。不知出落的怎樣的了。李銘道。這小粉頭子。雖做好個身段兒。光是一味粧飾。唱曲也會。怎生赶的上桂姐的一半兒。唱。爹這里是那裡叫着。敢不來。就是來了。當了你。還是不知輕重。只見胡秀來回話。小的到喬爹那邊。見了來了。伺候老爺示下。西門慶教陳經濟後邊討五十兩銀子來。令書童寫一封書。使了印色。差一名節級。明日早起身。一同去下。與你鈔關上錢老爹。教他過稅之

時。青目。一二。須臾陳經濟取了一封銀子。來交與胡秀。胡秀禀
道。小的往韓大叔家歇去便領文書。并稅帖。次日早同起身。不
在話下。忽聽喝的道子响。平安來報劉公公。與薛公公來了。西
門慶。即冠帶迎接至大廳。見畢禮數。請至捲棚內。寬去上盖蟒
衣。上面設兩張校椅坐下。應伯爵在下。與西門慶關席陪坐。薛
內相便問。此位是何人。西門慶道。去年老太監會過來。乃是學
生故友應二哥。薛內相道。却是那快耍笑的應先兒麼。那應伯
爵欠身道。老公公還記的。就是在下。須臾拿茶上來。吃了。只見
平安走來禀道。府裡周爺。差人拏帖兒來。說今日還有一席。來
遲些。教老爹這裡先坐。不須等罷。西門慶看了帖兒便說我知
道了。薛內相。因問西門大人。今日誰來遲。西門慶道。周南軒。那

邊還有一席。使人來說。上坐休等。他哩。只怕來遲些。薛內相道。旣來說。咱虛着他席面。就是。上面。只見兩個小厮上來。一邊一個打扇。正說話之間。王經拏了兩個帖兒進來。兩位秀才來了。西門慶見帖兒上。一個是侍生倪鵬。一個溫必古。西門慶就知倪秀才。舉薦了他同窓朋友來了。連忙出來迎接。見都穿衣巾着進來。且不着倪秀才觀看。那溫必古年紀不上四旬。生的明眸皓齒。三牙鬚。丰姿洒落。舉止飄逸。未知行藏何如。見觀動靜若是。有幾句道得他好。

雖抱不羈之才。慣遊非禮之地。功名蹭蹬。豪傑之志已灰。家業凋零。浩然之氣先喪。把文章道學。一併送還了孔夫子。將致君澤民的事業。及榮華顯親的心念。都撇在東洋大海。和光混俗。惟其利欲是前。隨方逐圓。不以廉耻爲重。峩其冠。博其帶。而眼底旁若無人。席上闊其論。高其談。而胸中實無一物。三年叶案。而小考尚難。豈望月桂之高攀。廣坐啣盃。遯世無悶。且作岩穴之隱相。

西門慶讓至廳上敘禮。每人遞書帕二事。與西門慶祝壽。交拜畢。分賓主而坐。西門慶問道。久仰温老先生大才。敢問尊號。温秀才道。學生賤名必古。字日新。號葵軒。西門慶道。葵軒老先生。又問貴庠。魁經。温秀才道。學生不才。府學備數。初學易經。一向久仰尊府大名。未敢進拜。昨因我這敝同窓倪桂岩道及老先生盛德。敢來登堂恭謁。西門慶道。不敢承老先生先施。學生容日奉拜。只因學生一個武官。粗俗不知文理。往來書柬。無人代筆。前者因在我這敝同僚府上。會遇桂岩老先生。甚是稱道老先生。大才盛德。正欲趨拜請教。不意老先生下降。兼承厚貺。感激不盡。溫秀才道。學生匪才薄德。謬承過譽。茶罷。西門慶讓至捲棚內。有薛劉二老太監在座。薛內相道。請二位老先生寬衣進來。西門慶。一面請寬了青衣。進裡面各遜讓再四。方纔一邊一位。垂首坐下。正敘談間。吳大舅。范千戶到了。敘禮坐定。不一時。玳安與同荅應的。和鄭奉都來回話。四個唱的都叫來了。西門慶。問是王皇親那裡不在。玳安道。是王皇親宅內叫。還沒起身。小的要拴他鵝子墩鎖。他慌了。纔上轎。都一荅兒來了。西門慶卽出來。到廳臺基上跕立。只見四個唱的。一齊進來。向西門慶花枝颭招。綉帶飄飄。都插燭也似磕下頭去。那鄭愛月兒。穿着紫紗衫兒。白紗挑線裙子。頭上鳳釵半卸。寶髻玲瓏。腰肢嬝娜。猶如楊柳輕盈。花貌娉婷。好似芙蓉艷麗。正是萬種風流無處買。千金良夜實難消。西門慶便向鄭愛月兒道。我叫你。如何不來。這等可惡。敢量我拏不得你來。那鄭愛月兒磕了頭起來。一聲兒也不言語。笑着。同衆人一直往後邊去了。到後邊與月娘衆人。都磕了頭。看見李桂姐吳銀兒都在跟前。各道了萬福。說道你二位來的早。李桂姐道。俺每兩日沒家去了。因說你四個怎的這咱纔來。董嬌兒道。都是月姐。帶累的俺每來遲了。收拾下。只顧等着。他白不起身。那鄭愛月兒用扇兒遮着臉兒。只是笑。不做聲。月娘便問。這位大姐。是誰家的。董嬌兒道。娘不知道。他是鄭愛香兒的妹子。鄭愛月兒纔成人。還不上半年光景。

月娘道。可倒好個身段兒。說畢。看茶吃了。一面放卓兒。擺茶與衆人吃。那潘金蓮。且只顧揭起他裙子。撮弄他的脚看。說道你每這裡邊的樣子。只是恁直尖了。不相俺外邊的樣子趫。俺外邊尖底停勻。你裡邊的後跟子大。月娘向大妗子道。偏他恁好百勝。問他怎的。一回又取下他頭上金魚撇㧞兒來瞧。因問你這樣兒。是那裡打的。鄭愛月兒道。是俺裡邊銀匠打的。須臾擺下茶。月娘便叫桂姐銀姐。你陪他四個吃茶。不一時。六個唱的。做一處同吃了茶。李桂姐。吳銀兒。便向董嬌兒四個說。你每來花園裡走走。董嬌兒道。等我每到後邊就來。這李桂姐。和吳銀兒就跟着潘金蓮。孟玉樓。出儀門往花園中來。因有人在大捲棚內。就不曾過那邊去。只在這邊。看了回花草。就往李瓶兒房裡看官哥兒。官哥心中又有些三不自在。睡夢中驚哭。吃不下㚢去。李瓶兒在屋裡守着。不出來。看見李桂姐。吳銀兒和孟玉樓潘金蓮進來。連忙讓坐的。桂姐問道。哥兒睡哩。李瓶兒道。他哭了這一日。我打發他面朝裡床。纔睡下了。玉樓道。大娘說。請劉婆子來看他看。你怎的不使小厮快請去。李瓶兒道。今日他爹好的日子。明日請他去罷。正說話中間。只見四個唱的和西門大姐小玉走來。大姐道。原來你每都在這裡。却教俺花園內尋你。玉樓道。花園內有人在那里。咱每不好去的。瞧了瞧兒就來了。李桂姐問洪四兒。你每四個在後邊做甚麽。這半日纔來。洪四兒道。俺每在後邊四娘房裡吃茶來。坐了這一回。潘金蓮聽了。望着玉樓李瓶兒笑問洪四兒。誰對你說是四娘來。董嬌兒

聯經出版事業公司 景印版

道。他留俺每在房裡吃茶來。他每問來。還不曾與你老人家磕頭。不知娘是幾娘。他便說我是你四娘哩。金蓮道。沒廉耻的小婦人。別人称道你便好。誰家自巳稱是四娘來。這一家大小。誰與你。誰數你。誰吽你是四娘。漢子在屋裡睡了一夜兒。得了些顏色兒。就開起染房來了。若不是大娘房里。有他大妗子。他二娘房裡。有桂姐。你房裡有楊姑奶奶。李大姐便有銀姐在這裡。我那屋裡。有他潘姥姥。且輪不到往你那屋里去哩。玉樓道。你還沒曾見哩。今日早辰起來。打發他爹往前邊去了。在院子裡呼張喚李的。便那等花哨起來。金蓮道。常言道。奴才不可逞。小孩兒不宜哄。又問小玉。我聽見你爹對你奶奶說。替他尋丫頭子與他。爹昨日到他屋裡。見他只顧收拾。不見問他。到底是那小淫婦做勢兒對你爹說我昨日不得個閑收拾屋裡只好晚夕來這屋裡睡罷了你爹說不打緊到明日對你娘說尋一個了頭子與你使便了真個有此話小玉道我不曉的敢是玉簫他聽見來金蓮向桂姐道你爹不是俺各房裡有人等閒不往他後邊去莫不俺每背地說他本等他嘴頭子不達時務慣傷犯人俺每急切不和他說話正說着綉春拿了茶上來每人一盞果仁泡茶正吃間忽聽前邊鼓樂响動荆都監衆人都到齊了遞酒上坐玳安兒來叫四個唱的就往前邊去了那日喬大戶沒來先是雜耍百戲吹打彈唱隊舞弔罷做了個笑樂院本割切上來獻頭一道湯飯只見任醫官到了冠帶着進來西門慶迎接至廳上敘禮任醫官令左右氊包內取出一方壽帕二

星白金來。與西門慶拜壽。說道昨日韓明川。纔說老先生華誕。恕學生來遲。西門慶道。豈敢動勞車駕。又兼謝盛儀。外日多謝妙藥。彼此拜畢。任醫官還要把盞。西門慶道。不消。剛纔已見過禮。就是了。一面脫了衣服。安在左手第四席。與吳大舅相近而坐。獻上湯飯。并手下攢盤。任醫官道多謝了。令僕從領下去。告坐。坐下。四個唱的。彈着樂器。在旁唱了一套壽詞。西門慶令上席。各分投遞酒。下邊樂工。呈上揭帖。到劉薛二內相席前。揀令一段韓湘子度陳半街升仙會雜劇。纔唱得一摺。只聽喝道之聲漸近。平安進來禀報。守備府周爺來了。西門慶冠帶迎接。未曾相見。就先令寬盛服。周守備道。我來非爲別務。要與四哥把一盞。薛內相向前來。說道。周大人。不消把盞。只見禮兒罷。于是二人交拜。又道我學生來遲。恕罪恕罪。敘畢禮數。方寬衣解帶。纔與衆人作揖。左首第三席。安下鍾筯。下邊就是湯飯割切一道添換。拿上來。席前打發馬上人兩盤點心。兩盤熟肉。兩瓶酒。周守備擧手謝道。忒多了。令左右上來。領下去。然後坐下。一面劉薛二內相。每人送周守備一大杯。觥籌交錯。歌舞吹彈。花攢錦簇飲酒。正是舞低楊柳樓心月。歌罷桃花扇底風。吃至日暮時分。先是任醫官。隔門去的早。西門慶送出來。任醫官因問老夫人貴恙。覺好了。西門慶道。拙室服了良劑。已覺好些。這兩日不知怎的。又有些不自在。明日還望老先生過來看看。說畢。任醫官作辭上馬而去。落後又是倪秀才。溫秀才起身。西門慶再三款留不住。送出大門。說道容日奉拜請教。寒家就在對門。收拾一所書院。與老先生居住。連寶眷多搬來一處方便。學生每月。奉上束修。以備薪水之需。温秀才道。多承盛愛。感激不盡。倪秀才道。觀此是老先生崇尚斯文之雅意矣。打發二秀才去了。西門慶陪客飲酒。吃至更闌方散。四個唱的。都歸在月娘房內。唱與月娘。大妗子。楊姑娘。衆人聽。西門慶還在前邊。留下吳大舅。應伯爵。復坐飲酒。看着打發樂工酒飯吃了。先去了。其餘席上家火。都收了。鮮果殘饌。都令手下人。分散吃了。分付從新後邊。拿果碟兒上來。教李銘。吳惠。鄭奉上來彈唱。拏大杯賞酒與他吃。應伯爵道。哥。今日華誕設席。列位都是喜歡。李銘道。今日薛爺和劉爺。也費了許多賞賜。落後見桂姐銀姐。又出來每人又遞了一包與他。只是薛爺比劉爺年小。快頑些〻。不一時。盡童兒拿上添換果碟兒來都是蜜餞減碟榛松果仁紅菱雪藕蓮子荸薺酥油鮑螺氷糖霜梅玫瑰餅之類這應伯爵看見酥油鮑螺渾白與粉紅兩樣上面都沾着飛金就先揀了一個放在口內如甘露酒心入口而化說道倒好吃西門慶道我的兒你倒肯吃此是你六娘親手揀的伯爵笑道也是我女兒孝順之心說道老舅你也請個兒于是揀了一個放在吳大舅口內又叫李銘吳惠鄭奉近前每人揀了一個賞他正飲酒間伯爵向玳安道你去後邊叫那四個小淫婦出來我便罷了也教他唱個兒與老舅聽再遲一回兒便好去今日連用錢他只唱了兩套休要便宜了他那玳安不動身說道小的叫了他了在後邊唱與妗子和娘每聽哩便來伯爵道賊小油嘴你兇將去哩還

哄我因吽王經你去。那王經又不動。伯爵道。我便看你每都不去。等我去罷。于是就往後走。玳安道。你老人家。趂早休進去。後邊有狗哩。好不利害。只咬大腿。伯爵道。若咬了我。我直賴到你娘那炕頭子上。玳安入後邊良久。只聽一陣香風過。覺有笑聲。四個粉頭。都用汗巾兒。搭着頭出來。伯爵看見。我的兒。誰養的你恁乖。搭上頭兒。心裡要去的情。好自在性兒。不唱個曲兒與俺每聽。就指望去。好容易。連轎子錢。就是四錢銀子。買紅梭兒來。買一石七八斗。勾你家鴇子。和你一家大小吃一個月。董嬌兒道。哥兒。恁便益衣飯兒。你也入了籍罷了。洪四兒道。大爺。這咱晚。七八有二更。放了俺每去罷了。齊香兒道。俺每明日。還要起早。往門外送殯去哩。伯爵道。誰家。齊香兒道。是房簷底下開門兒那家子。伯爵道。莫不又是王三官兒家。前日被他連累你那場事。多虧你大爹這裡人情。替李桂兒說。連你也饒了。這一遭雀兒不在。那窩兒罷了。齊香兒笑罵道。怪老油嘴。汗邪了你恁胡說。伯爵道。你笑話我老。我那些兒放着老。我半邊俏。把你這四個小淫婦兒。還不勾擺布洪四兒笑道。哥兒我看你行頭不怎麼好。光一味好撇。伯爵道。我那兒。到根前。看手段還錢。又道鄭家那賊小淫婦兒。吃了糖五老座子兒。百不言語有些出神的模樣。敢記掛着那孤老兒在家里。董嬌兒道。他剛纔聽見你說。在這里有些怯床。伯爵道怯床不怯床。拏樂器來。每人唱一套。你每去罷。我也不留你了。西門慶道。也罷。你每吽兩個遞酒。兩個唱一套與他聽罷。齊香兒道。等我和月姐唱。當下鄭月兒琵琶。齊香兒彈箏。坐在校床兒。兩個輕舒玉指。欵跨鮫綃。啟朱唇。露皓齒。歌美韻。放嬌聲。唱了一套越調鬪鵪鶉夜去明來。倒有個天長地久。當下董嬌兒。遞吳大舅酒。洪四兒。遞應伯爵酒。在席上交杯換盞。倚翠偎紅。袖慇懃。金杯瀲灩。正是

朝赴金谷宴。　暮伴綺樓娃。
休道歡娛處。　流光逐落霞。

當下酒進數巡。歌吟兩套。打發四個唱的去了。西門慶。還留吳大舅坐。教春鴻上來。唱南曲與大舅聽。分付棋童備馬來。拏燈籠送大舅。大舅道。姐夫不消備馬。我同應二哥。一路走罷。天色晚了。西門慶道。無是理。如此。教棋童打燈籠。送到家。當下唱了一套。吳大舅與伯爵起身作別。道深擾姐夫。西門慶送至大門

首。因和伯爵說。你明日好歹上心。約會了那位甘夥計來見了。批合同。我會了喬親家。好收拾那邊房子。一兩日卸貨。伯爵道哥不消分付。我知道。一面作辭。與大舅同行。棋童打着燈籠。吳大舅便問剛纔姐夫說收拾那裡房子。伯爵悉把韓夥計貨船到。無人發賣。他心內要開個段子舖。收拾對門房子。教我替他尋個夥計一節。對大舅說了。大舅道幾時開張。咱每親朋會定少不的具果盒花紅。來作賀作賀。須臾出大街到伯爵小衚衕口上。大舅要棋童打燈籠。送你應二叔到家。伯爵不肯。說道棋童。你送大舅。我不消。燈籠進巷內就是了。一面作辭。分路回來。棋童便送大舅去了。西門慶打發李銘等唱錢。關門回後邊月娘房中。歇了一夜。到次日。果然伯爵領了甘出身。穿青衣走來拜見。講說了回買賣之事。西門慶。吽將崔本來。會喬大戶那邊。收拾房子卸貨。修盖土庫局面。擇日開張舉事。喬大戶對崔本說。將來凡一應大小事。隨你親家爹。這邊只顧處。不消多較。當下就和甘夥計。批立了合同。就立伯爵作保。譬如得利十分爲率。西門慶分五分。喬大戶分三分。其餘韓道國。甘出身與崔本三分均分。一面收卸磚瓦木石。修盖土庫裡面。裝畫牌面。待貨車到日。堆卸貨物。後邊獨自收拾一所書院。請將溫秀才來。作西賓。專修書柬。回答往來士夫。每月三兩束修。四時禮物不缺。又撥了畫童兒小厮。伏侍他。半晚替他拿茶飯。晉硯水。他若出門。望朋友。跟他拏拜帖匣兒。西門慶家中常筵客。就請過來陪侍飲酒。俱不必細說。不覺過了西門慶生辰。第二日早辰。就請了任醫官來看李瓶兒討藥。又在對門看着收拾。楊姑娘先家去了。李桂姐。吳銀兒。還沒家去。吳月娘。買了三錢銀子螃蟹。午間煮了。來在後邊院內。請大妗子。李桂姐吳銀兒衆人都圍着。吃了一回。只見月娘請的劉婆子來看官哥兒。吃了茶。李瓶兒就陪他往前邊房裡去了。劉婆子說。哥兒驚了。住了奶奶又留下幾服藥。月娘與了他三錢銀子。打發去了。孟玉樓。潘金蓮和李桂姐吳銀兒。大姐都在花架底下。放小卓兒鋪氊條。同抹骨牌。賭酒頑耍。那個輸一牌。吃一大杯酒。孫雪娥。吃衆人贏了七八鍾酒。又不敢久坐。坐一回又去了。西門慶在對門房子內看着收拾打掃。和應伯爵崔本。甘夥計吃酒。又使小厮來家。要菜兒。慌的雪娥。往廚下打發。只拏李嬌兒頂缺。金蓮教吳銀兒桂姐你唱慶七夕俺每聽當下彈着琵琶唱商調集賢賓。

暑纔消大火即漸西。斗柄往次宮移。一葉梧桐飄墜。萬方秋意皆知暮雲軒聒聒蟬鳴。晚風輕點點螢飛。天堦夜凉清似水。鵲橋高掛偏宜。金盤內種五生瓊樓上設筵席。

當日衆姊妹飲酒至晚。月娘裝了盒子。相送李桂姐吳銀兒家去了。潘金蓮吃的大醉歸房。因見西門慶夜間在李瓶兒房裡歇了一夜。早辰請任醫官。又來看他。那惱在心裡。知道他孩子不妊進門不想天假其便。黑影中躧了一脚狗屎。到房中叫春梅。點燈來看。大紅段子新鞋兒上滿幫子都展污了。登時柳眉剔竪星眼圓睜。叫春梅打着燈。把角門關了。拏大棍。把那狗沒高低。只顧打。打的怪叫起來。李瓶兒那邊。使過迎春來說。俺娘說哥兒纔吃了老劉的藥。睡着了。教五娘這邊休打狗罷。這潘金蓮坐着半日不言語。一面把那狗打了一回。開了門放出去了。又尋起秋菊的不是來。看着那鞋左也惱右也惱。因把秋菊喚至跟前說。論起這咱晚。這狗也該打發去了。只顧還放在這屋裡做甚麼。是你這奴才的野漢子。你不發他出去。教他恁遍地撒尿。把我恁雙新鞋兒連今日纔三四日兒躧了恁一鞋䩞子屎。知道了我來。你與我點個燈兒出來。你如何恁推聾粧啞裝憨兒。春梅道。我頭裡又對他說。你趂娘不來。早喂他些飯。關到後邊院子裡去罷。他佯打耳睁的不理我。還拏眼兒瞟着我。婦人道。可又來。賊胆大萬殺的奴才。怎麼恁把屁股兒懶待動旦。我知道你在這屋裡。成了把頭。便說你恁久慣牢頭。把這打來不作理。因叫他到跟前。叫春梅拏過燈來。教他瞧躧的我這鞋上的齷齪。我纔做的恁奴心愛的鞋兒。就教你奴才。遭塌了我的。哄得他低頭瞧。提着鞋。拽巴兜臉。就是幾鞋底子。打的秋菊嘴唇都破了。只顧搵着搽血。那秋菊走開一邊。婦人罵道。好賊奴才。你走了。教春梅與我採過跪着。取馬鞭子來。把他身上衣服。與我扯了。好好教我打三十馬鞭子。便罷。但扭一扭兒。我亂打了不筭。春梅于是扯了他衣裳。婦人教春梅。把他手拴住。雨點般鞭子輪起來。打的這丫頭。殺猪也似叫。那邊官哥纔合上眼兒。又驚醒了。又使了綉春來說。俺娘上覆五娘。饒了秋菊。不打他罷。只怕諕醒了哥哥。那潘姥姥。正歪在裡間屋裡炕上。聽見金蓮打的秋菊叫。一骨碌子扒起來。在旁邊勸解。見金蓮不依。落後又見李瓶兒使過綉春來說。又走向前。奪他女兒手中鞭子。說道姐姐。少打他兩下兒罷。惹的他那邊姐姐說。只怕說了哥哥。爲驢扭棍。不打緊。倒沒的傷了紫荆樹。金蓮緊自心裡惱。又聽見他娘說了這一句。越發心中攛上把火一般。須臾紫漒了面皮。把手只一推。險些兒不把潘姥姥推了一交。便道怪老貨。你不知道。與我過一邊坐着去。不干你事。來勸甚麼。腌子甚麼紫荆樹。驢扭棍。單管外合裏差。潘姥姥道。賊作死的短壽命。我怎的外合裏差。我來你家討冷飯吃。教你恁頓摔我。金蓮道。你明日說與我來。看那老毯走。怕是他家。不敢拏長鍋煑吃了我。那潘姥姥聽見女兒這等證他。走那裡邊屋裡。嗚嗚咽咽哭起來了。內着婦人打秋菊打勾約二三十馬鞭子。然後又葢了十闌杆。打得皮開肉綻。纔放起來。又把他臉和腮頰。都用尖指甲掐的稀爛。李瓶兒在那邊。只是雙手握着孩子耳朶腮頰痛淚。敢怒而不敢言。不想那日西門慶在對門房子裡吃酒散了。逕往玉樓房中。歇了一夜。到次日。周守備家請吃補生日酒。不在家。李瓶兒見官哥兒吃了劉婆子藥。不見動靜。夜間又着驚諕。一雙眼只是往上吊吊的。因那日薛姑子。王姑子家去。來對月娘說。向房中拏出他壓被的銀獅子一對來。要教薛姑子。印造佛頂心陀羅經。赶八月十五日。嶽廟裡去捨。那薛姑子。就要拏着走。被孟玉樓在旁說道。師父你且住。大娘你還使小廝。叫將賁四來。替他兌兌多少分兩。就同他往經舖裡講定個數兒來。每一部經。多少銀子。咱每捨多少。到幾時有。纔好。你教薛師父去。他獨自一個。怎弄的過來。月娘道。你也說的是一面使來安兒。你去瞧賁四來家不曾。你叫了他來。來安兒。一直去了。不一時。賁四來到。向月娘衆人作了揖。把那一對銀獅子。上天平兊了。重四十九兩伍錢。月娘分付。同薛師父。往經舖請印造經數去了。潘金蓮。隨即叫孟玉樓。咱送送他兩位師父去。就前邊看看大姐。他在屋裡做鞋哩。兩個携着手兒。往前邊來。賁四同來安兒。薛姑子。王姑子。往經舖裡去。金蓮與玉樓。走出大廳前來。東廂房門首。見他正守着針線筐兒。在簷下納鞋。金蓮拏起來看。却是沙綠潞紬子鞋面。玉樓道。大姐。你不要這紅鎖線子。爽利着藍頭線兒。却不老作些。你明日。還要大紅提跟子。大姐道。我有一雙是大紅提根子的。這個我心裡。要藍提跟子。

所以使大紅線鎖口。金蓮瞧了一回。三個都在廳臺基上坐的。玉樓問大姐。你女婿在屋裡不在。大姐道。他不知那裡吃了兩鍾酒。在屋里睡哩。孟玉樓便向金蓮說。剛纔若不是我在旁邊說着。李大姐恁哈帳行貨就要把銀子交姑子拏了印經去。經也印不成。沒脚蟹行貨子。藏在那大人家。你那里尋他去。早時我說。叫將賁四來。同他去了。金蓮道。你看麼。你教我幹。恁有錢的姐姐。不撰他些兒。是傻子。只相牛身上拔一根毛了。你孩兒若沒命。休說捨經隨你把萬里江山捨了。也成不的。正是饒你有錢拜北斗。誰人買得不無常。如今這屋裡。只許人放火。不許俺每點燈。大姐聽着。也不是別人偏染的白兒不上色。偏你會那等輕狂百勢。大清早辰。刁蹬着漢子。請太醫看。他亂也的。俺每又不骨。每每當在人前。會那等做清兒說話。我心裡不耐煩。他爹要便進我屋裡。推看孩子睡着。和我睡。誰耐煩。教我就攛掇往別人屋裡睡去了。俺每自恁好罷了。背地還嚼說俺每。那大姐姐。偏聽他一面詞兒說話。不是俺每爭這個事。怎麼昨日漢子。不進你屋裡去。你使丫頭。在角門子首。叫進屋裡。推看孩子。你便吃藥。一徑把漢子。作成在那屋裡。和吳銀兒睡了一夜去了。一徑顯你那乖覺。教漢子喜歡你。那大姐姐就有的話兒說了。昨日晚夕。人進屋裡。躧了一鞋狗屎。打丫頭趕狗。也嗔起來。使丫頭過來說。諕了他孩子了。俺娘那老貨。又不知道。偎他那嘴吃。教他那小買手走來。勸甚麼的。驢扭棍傷了紫荊樹。我惱他郎[這]等輕聲浪氣。他又來我跟前說話長短。教我墩了他兩句。

他今日使性子家去了。去了罷。教我說他家有你這樣窮親戚。也不多。沒你也不少。比時恁他快使性子。到明日不要來他家。怕他拏長鍋煮吃了我。隨他和他家纏去。玉樓笑道。你這個沒訓教的子孫。你一個親娘母。見你這等訌他。金蓮道。不是這等說。惱人子腸了。単骨黃貓黑尾。外合裡差。只替人說話。吃人家碗半。被人家使喚。得不的人家一個甜頭兒。千也說好。萬也說好。想着迎頭兒養了這個孩子。把漢子調唆的生根也似的。把他便扶的正正兒的。把人恨不的。躧到那泥裡頭還躧。今日怎的天也有眼。你的孩兒生出病來了。我只說日頭常晌午。如何也有個錯了的時節兒。正說着。只見賁四和來安兒。往經舖裡。交了銀子。來回月娘話。看見玉樓金蓮和大姐。都在廳臺基上坐的。只顧在儀門外立着。不敢進來。來安走來。說道娘每問見。賁四來了。金蓮道。怪囚根子。你教他進去。不是纔乍見他來安說了。賁四于是低着頭。一直後邊見月娘。李瓶兒把上項各了銀子。四十一兩五錢眼同兩個師父。交付與翟經兒家收了。講定印造綾殼陀羅五百部。每部五分。絹殼經一千部。每部三分。筭共該五十五兩銀子。除收過四十一兩五錢。還找與他十三兩五錢。准在十四日早擡經來。李瓶兒連忙向房里取出一個銀香毬來。教賁四上天平兌了十五兩。李瓶兒道。你拏了去。除找與他別的你收着。換下些錢。到十五日廟上捨經。與你每做盤纏。就是了。省的又來問我要。賁四于是留香毬出門。月娘使來安。送賁四出去。李瓶兒道。四哥多累你。賁四躬着身。說道小人不敢。走到前邊。金蓮玉樓。又叫住問他。銀子交付與經舖了。賁四道。已交付明白。共一千五百部經。共該五十五兩銀子。除收過那四十一兩五錢。剛纔六娘。又與了這件銀香毬。玉樓金蓮。瞧了瞧。沒言語。賁四便回家去了。玉樓向金蓮說道。李大姐。相這等。都枉費了錢。他若是你的兒女。就是榔頭。也椿不死。他若不是你兒女。你捨經造像。隨你怎的。也留不住。他信着姑子。甚麼繭兒幹不出來。剛纔不是我說着。把這些東西就託他拏的去了。這等着咱家個人兒去。却不好。金蓮道。總然他背地落也落不多兒。兩個說了一回。都立起來。金蓮道。咱每往前邊大門首走走去。因問大姐。你不出去。大姐道。我不去。這潘金蓮便拉着玉樓手兒。兩個同來。到大門裡首站立。因問平安兒對門房子。都收拾了。平安道。這咱哩。從昨日爹看着。都打掃乾淨了。後邊樓上堆貨。昨日教陰陽來破土。樓底下要裝廂三間。土庫閣叚子。門面打開一溜三間。鋪子局面。都教漆匠裝新油漆。地下鏝磚鑲地平。打架子。要在出月開張。玉樓又問那寫書溫秀才家小。搬過來了不曾。平安道。從昨日就過來了。今早爹分付。把後邊堆放的那一張涼床子。拆了與他。又搬了兩張卓子。四張椅子。與他坐。金蓮道。你沒見他老婆怎的模樣兒。平安道。黑影子坐着轎子來。誰看見他來。正說着。只聽見遠遠一個老頭兒斯琅琅搖着驚閨葉過來。潘金蓮便道磨鏡子的過來了。教平安兒你叫住他。與俺每磨磨鏡子。我的鏡子。這兩日都使的昏了。分付你這因根子看着過來。再不叫。俺每出來。跕了多大回。怎的就有磨鏡子的過來了。那平安一面叫住磨鏡老兒放下擔兒。見兩個婦人在門里首。向前唱了兩個喏。立在旁邊。金蓮便問玉樓道。你也磨。都教小廝帶出來。一答兒里磨了罷。于是使來安兒。你去我屋裡。問你春梅姐。討我的照臉大鏡子。兩面小鏡子兒。就把那大四方穿衣鏡。也帶出來。教他好生磨磨。玉樓分付來安。你到我屋裡。教蘭香也把我的鏡子。拏出來。那來安兒去不多時。兩隻手提着大小八面鏡子。懷裡又抱着四方穿衣鏡出來。金蓮道。賊小肉兒。你拏不了。做兩遭兒拏。如何恁拏出來。一時叮噹了我這鏡子。怎了。玉樓道。我沒見你這面大鏡子。是那里的。金蓮道。是鋪子人家當的。我愛他。且是喨。安在屋里。早晚照照。因問我的鏡子。只三面。玉樓道。我的大小只兩面。金蓮道。這兩面是誰的。來安道。這兩面。是俺春梅姐的稍出來。也教磨磨。金蓮道。賊小肉兒。他放着他的鏡子不使成日只撾着我的鏡子照。弄的恁昏昏的。共大小八面鏡子。交付與磨鏡老叟。教他磨。當下絆在坐架上。使了水銀。那消頓飯之間。聹磨的耀眼爭光。婦人拏在手內。對照花容。猶如一汪秋水相似。有詩為証。

蓮萼菱花共照臨　風吹兒動影沉沉
一池秋水芙蓉現　好似嫦娥入月宮
翠袖拂塵霜暈退　朱唇呵氣碧雲深
從教粉蝶飛來撲　始信花香在畫中

那磨鏡老子。須臾將鏡子磨畢。交與婦人看了。付與來安兒收進去了。玉樓便令平安。問鋪子里傳夥計櫃上要五十文錢兒與磨鏡的。那老子一手接了錢。只顧立着不去。玉樓教平安問那老子。你怎的不去。敢嫌錢少。那老子不覺眼中。撲簌簌流下淚來哭了。平安道。俺當家的奶奶問你。怎的煩惱。老子道。不瞞哥哥說老漢今年痴長六十一歲。老漢前者。丟下個兒子。二十二歲。尚未娶妻。專一狗油。不幹生理。老漢日逐出來挣錢。便養活他。他又不守本分。常與街上搗子耍錢。昨日惹了禍。同拴到守備府中。當土賊打了他二十大棍。歸來把媽媽的裙襖。都去當了。媽媽便氣了一場病。打了寒。睡在炕上半個月。老漢說了他兩句。他便走出來。不往家去。教老漢日逐抓尋他。不着個下落。待要賭氣不尋他。況老漢恁大年紀。止生他一個兒子。往後

無人送老。有他在家。見他不成人。又要惹氣。似這等。乃老漢的
業障。有這等負屈啣寃。各處告訴。所以這等淚出痛腸。玉樓教
平安兒。你問他。你這後娶婆兒。是今年多大年紀了。老子道。他
今年痴長五十五歲了。男女花兒沒有。如今打了寒。纔好些。只
是沒將養的。心中想塊臘肉兒吃。老漢在街上。恁問了兩三日。
走了十數條街巷。白不討出塊臘肉兒來。甚可嗟歎人子。玉樓
笑道。不打緊處。我屋里抽替內。有塊臘肉兒哩。即令來安兒。你
去對蘭香說。還有兩個餅錠。教他那與你來。金蓮叫那老頭子。
問你家媽媽兒吃小米兒粥不吃。老漢子道。怎的不吃。那里可
知好哩。金蓮于是叫過來安兒來。你對春梅說。把昨日你姥姥
稍來的新小米兒量二升。就拏兩個醬瓜兒出來。與他媽媽兒

吃。那來安去不多時。拏出半腿臘肉。兩個餅錠。二升小米。兩個醬瓜茄。叫道老頭子過來。造化了你。你家媽媽子。不是害病。想吃。只怕害孩子坐月子。想定心湯吃。那老子連忙雙手接了。安放在担內。望着玉樓金蓮唱了個喏。楊長挑着担兒。搖着驚閨葉去了。平安道。二位娘子。不該與他這許多東西。被這老油嘴設智誆的去了。他媽媽子。是個媒人。昨日打這街上走過去。不是。幾時在家不好來。金蓮道。賊囚你早不說。做甚麼來。平安道。罷了。也是他的造化。可可二位娘。出來看見。叫住他。照顧了他。這些些東西去了。正是

閒來無事倚門楣　正是驚閨一老來

不獨纖微能濟物　無緣滴水也難爲

畢竟未知後來何如。且聽下回分解。

第五十九回　西門慶露陽驚愛月

聯經出版事業公司
景印版

李瓶兒睹物哭官哥

第五十九回

西門慶摔死雪獅子　李瓶兒痛哭官哥兒

日落水流西復東　春風下盡折何窮
巫娥廟裡低含雨　宋玉門前斜帶風
莫將榆莢共爭翠　深感杏花相映紅
灞上漢南千萬樹　幾人遊宦別離中

話說孟玉樓。和潘金蓮在門首。打發磨鏡叟去了。忽見從東一人帶着大帽眼紗。騎着騾子。走得甚急。逕到門首下來。慌的兩個婦人。往後走不迭。落後揭開眼紗。却是韓夥計來家了。平安忙問道。貨車到了不曾。韓道國道。貨車進城了。禀問老爹。卻在那里。平安道。爹不在家。往周爺府裡。吃酒去了。收拾了。交卸在對門樓上哩。你老人家請進裡邊去。不一時。陳經濟出來。陪韓道國。入後邊。見了月娘。出來廳上。拂去塵土。把行李搭連。教王經送到家去。月娘一面打發出飯來。與他吃了。不一時。貨車纔到。經濟拏鑰匙。開了那邊樓上門。就有卸車的小腳子。領籌搬運貨。一箱箱堆卸在樓上。十大車段貨。運家用酒米。直卸到掌燈時分。崔本也來幫扶照管。堆卸。完畢。查數。鎖門。貼上封皮。打發小腳錢出門。早有玳安往守備府報西門慶去了。西門慶聽見家中卸貨。吃了幾鍾酒。約掌燈以後。就來家。韓夥計等着見了。在廳上坐的。悉把前後往回事。說了一遍。西門慶因問錢老爹書。下了。也見些分上不曾。韓道國道。全是錢老爹這封書。十車貨。少使了許多稅錢。小人把段箱。兩箱併一箱。三停只報了兩停都當茶葉馬牙香櫃上稅過來了通共十大車貨只納了三十兩五錢鈔銀子老爹接了報单也没差巡攔下來查點就把車喝過來了西門慶聽言滿心歡喜因說到明日少不的重重買一分禮謝那錢老爹于是分付陳經濟陪韓夥計崔大哥坐後邊拏菜出來留吃了一回酒方纔各散回家王六兒聽見韓道國來了王經替他駝行李搭連來家連忙接了行李因問你姐夫來了麼王經道俺姐夫看着卸行李還等着見俺爹纔來哩這婦人分付丫頭春香錦兒伺候下好茶好飯等的晚上韓道國到家拜了家堂脫了衣裳淨了面目夫妻二人各訴離情一遍韓道國悉把買賣得意一節告訴老婆老婆又見搭連內沉沉重重許多銀兩因問他替已又帶了一二百兩貨物酒

米。卸在門前店里。漫漫發賣了銀子來家。老婆滿心歡喜。聽見王經說。又尋了個甘夥計。做賣手。咱每和崔大哥。與他同分利錢使。這個又好了。到出月開鋪子。韓道國道。這裡使着了人。做賣手。南邊還少個人。立庄置貨。老爹已定還裁派我去。老婆道你看貨才料。自古能者多勞。你看不會做買賣。那老爹託你麼。常言不將辛苦意。難得世人財。你外邊走上三年。你若懶得去。等我對老爹說了。教姓甘的和保官兒打外。你便在家賣貨。就是了。韓道國道。外邊走熟了。也罷了。老婆道。可又來。你先生迷了路。在家也是閒。說畢。擺上酒來。夫婦二人飲了幾盃濶別之酒。收拾就寢。是夜歡娛無度。不必用說。次日却是八月初一日。韓道國早到西門慶。教同顧本。甘夥計。在房子內。看着收卸磚瓦木石。收拾裝修土庫。不在話下。却說西門慶。見卸貨物。家中無事。忽然心中想起。要往鄭愛月兒家去。暗暗使玳安兒。送了三兩銀子。一套紗衣服。與他。鄭家鴇子。聽見西門老爹。來請他家姐兒。如天上落下來的一般。連忙收了禮物。沒口子向玳安你多頂上老爹。就說他姐兒兩個。都在家里伺候老爹。請老爹早些兒下降。玳安走來家中。書房內回了西門慶話。西門慶約午後時分。分付玳安。收拾着涼轎。頭上戴着坡巾。身上穿青緯羅暗補子直身。粉底皁靴。先走在房子。看了一回裝修土庫。然後起身。坐上涼轎。放下斑竹簾來。琴童玳安跟隨。留王經在家。止着春鴻背着直袋。逕往院中鄭月兒家來。正是

天仙機上整香羅　入手先拖雪一窩

不獨桃源能問渡　却來月窟伴嫦娥

却說鄭愛香兒。頭戴着銀絲𩭐髻。梅花鈿兒。周圍金纍絲簪兒打扮的粉面油頭。花容月貌。上着藕絲裳。下着湘紋裙。見西門慶到。笑吟吟在中門里首。迎接進去。到于明間客位。道了萬福。西門慶坐下。就分付小廝琴童。把轎回了家去。晚夕騎馬來接。琴童跟轎家去。不題。止留玳安和春鴻兩個伺候。良久。只見搗子出來拜見。說道外日姐兒在宅內。多有打攪。老爹家中悶的慌。來這里自恁散心走走罷了。如何多計較。又見賜將禮來。又多謝與姐兒的衣服。西門慶道。我那日叫他。他怎的不去。只認王皇親家了。搗子道。俺每如今還怪董嬌兒和李桂兒。不知是老爹生日。叫唱。他每都有了禮。只俺每姐兒沒有。若早知時。已不荅應王皇親家唱。先往老爹宅裡去了。老爹那里吽唱在後咱姐兒。纔待收拾起身。只見王家人來。把姐兒的衣包拏的去。落後老爹那里。又差了人來。他哥子鄭奉。又說你若不去一時老爹動意怒了。慌的老身。背着王家人。連忙攛掇姐兒。打後門起身。上轎去了。西門慶道。先日我在他夏老爹家。酒席上。已定下他了。他若那日不去。我不消說的就惱了。怎的他那日。不言不語。不做喜歡。端的是怎的說。鴇子道。小行貨子家。自從梳弄了。那里好生出去供唱去。到老爹宅內。見人多。不知誡的怎樣的。他從小是恁不出語。嬌養慣了。你看甚時候。纔起來老身該催促了幾遍。說老爹今日來。你早些起來。收拾了罷。他不依還睡到這咱晚。不一時。丫鬟拏茶上來。鄭愛香兒。向前遞了茶吃了。

鵓子道。請老爹到後邊坐罷。原來鄭愛香兒家。門面四間。到底五層房子。轉過軟壁。就是竹槍籬。三間大院子。兩邊四間廂房。上首一明兩暗。三間正房。就是鄭愛月兒的房。他姐姐愛香兒的房。在後邊第四層住。但見簾櫳香靄。進入明間內。供養着一軸海潮觀音。兩旁掛四軸美人。按春夏秋冬。惜花春起早。愛月夜眠遲。掬水月在手。弄花香滿衣。上面挂着一聯。捲簾邀月入。諧瑟待雲來。上首列四張東坡椅。兩邊安二條琴光漆春櫈。西門慶坐下。看見上面楷書。愛月軒三字。坐了半日。忽聽簾櫳响處。鄭愛月兒出來。不戴䯼髻。頭上挽着一窩絲。杭州攢梳的。黑鬖鬖。光油油的。烏雲霞着四髩。雲髩堆縱。猶若輕烟密霧。都用飛金巧貼。帶着翠梅花鈿兒。周圍金纍絲簪兒。齊插後髩鳳釵半卸。耳邊帶着紫瑛石墜子。上着白藕絲對衿仙裳。下穿紫綃翠紋裙。脚下露一雙紅鴛鳳嘴。胸前搖璚瑤寶玉玲瓏。正面貼三顆翠面花兒。越顯那芙蓉粉面。四周圍香風縹緲。偏相襯楊柳纖腰。正是若非道子觀音畫。定然延壽美人圖。望上不當不正。與西門慶道了萬福。就因洒金扇兒。掩着粉臉。坐在旁邊。西門慶注目停視。比初見時節見越發齊整。不覺心搖目蕩。不能禁止不一時。丫鬟又拿一道茶來。這粉頭輕搖羅袖。微露春纖。取一鍾茶過來。抹去盞邊水漬。雙手遞與西門慶。然後與愛香各取一鍾相陪。吃畢。收下盞托去。請寬衣服。房裡坐。西門慶叫玳安上來。把上蓋青紗衣寬了。搭在椅子上。進入粉頭房中。但見瑤窗素紗罩。淡月半浸綉幕。以夜明懸伴光高燦。正面黑漆鏤金床。床上帳懸綉錦。褥隱華裀。旁設褆紅小几博山小篆靄沉檀樓鼻壁上文錦囊象笙甁插紫笋其中。床前設兩張綉甸矮椅。旁邊放對鮫綃錦帨雲母屏。模寫淡濃之筆。鴛鴦榻高閣古今之書。西門慶坐下。但覺異香襲人。極其清雅。眞所謂神仙洞府。人跡不可到者也。彼此攀話之間。語言譋笑之際。只見丫鬟進來。安放卓兒。四個小翠碟兒。都是精製銀絲細菜。割切香芹鱘絲鰉鮓鳳脯鸞羹。然後拿上兩筯賽團圓如明月。薄如帋。白如雪。香甜美口。酥油和蜜餞麻椒塩荷花細餅。鄭愛香兒與鄭愛月兒親手揀攢各樣菜蔬肉絲捲就。安放小泥金碟兒內。遞與西門慶吃。旁邊燒金翡翠甌兒斟上苦艷艷桂花木樨茶。須臾姊妹二人。陪吃了餅。收下家火去。揩抹卓席。鋪茜紅氈條。

床几上取了一個沉香雕漆匣內盛象牙牌。三十二扇兩個與西門慶抹牌。當下西門慶。出了個天地分。劍行十道。那愛香兒出了個地牌。花開蝶滿枝。那愛月兒。出了個人牌。搭梯望月。須臾收過去。擺上酒來。但見盤堆異果酒泛金波。卓上無非是鵝鴨鷄蹄。烹龍炮鳳。珍果人間少有。佳肴天上無雙。正是舞回明月墜秦樓。歌過行雲遮楚館。鴛鴦杯。翡翠盞。飲玉液。泛瓊漿。姊妹二人。遞上酒去。在旁箏排鴈柱。欵跨鮫綃。當下鄭愛香兒。彈箏。愛月兒琵琶。唱了一套。兜的上心來。端的詞出佳人口。有裂石遶梁之聲。唱畢。又是十二碟果仁。減碟細巧品類。姊妹兩個。促席而坐。拏骰盆兒。二十個骰兒。與西門慶。搶紅猜枚。飲勾多時。鄭愛香兒。推更衣出去了。獨有愛月兒陪着西門慶吃酒。先是西門慶向袖中取出白綾雙欄子汗巾兒上一頭拴着三事挑牙兒一頭束着金穿心盒兒鄭愛月兒只道是香茶便要打開西門慶道不是香茶是我逐日吃的補藥我的香茶不放在這面只用帋包兒包着于是袖中取出一包香茶桂花餅兒遞與他那月兒不信還伸手往他這邊袖子裡掏又掏出個紫縐紗汗巾兒上拴着一副揀金挑牙兒拏在手中觀看甚是可愛說道我見桂姐和吳銀兒都拏着這樣汗巾兒原來是你與他的西門慶道是我楊州船上帶來的不是我與他誰與他的你若愛與了你罷到明日再送一副與你姐姐說畢西門慶就着鍾兒裡酒把穿心盒兒內藥吃了一服把粉頭摟在懷中兩個一遞一口兒飲酒咂舌無所不至西門慶又舒手向他身上模

弄他香乳兒。緊緊就就。賽麻團滑膩。一面推開衫兒。觀看白馥馥。猶如瑩玉一般。揣摩良久。淫心輒起。腰間那話。突然而興。解開褲帶。令他纖手籠揝。粉頭見其偉是粗大。諕的吐舌害怕。雙手摟定西門慶脖心。說道。我的親親。你今日初會。將就我只放半截兒罷。若都放進去。我就死了。你敢吃藥養的這等大。不然如何天生恁怪剌剌的兒。紅赤赤。紫漒漒。好砢磣人子。西門慶笑道。我的兒。你下去替我品品。愛月兒道。慌怎的。往後日子。多如樹葉兒。今日初會。人生面不熟。再來等我替你品。說畢。西門慶欲與他講歡。愛月兒道。你不吃酒了。西門慶道。我不吃了。咱睡罷。愛月兒。便叫丫鬟把酒卓擡過一邊。與西門慶脫靴。他便就往後邊。更衣澡牝去了。西門慶脫靴時。還賞了丫頭一塊銀子。打發先上床睡。炷了香。放在薰籠內。良久婦人進房。問西門慶。你吃茶不吃。西門慶道。我不吃。一面掩上房門。放下綾綃來。將絹兒安在褥下。解衣上床。兩個枕上。鴛鴦被中鸂鶒。西門慶見粉頭脫了衣裳。肌膚纖細。牝淨無毛。猶如白麵蒸餅一般。柔嫩可愛。抱了抱腰肢。未盈一掬。誠爲軟玉溫香。千金難買。于是把他兩隻白生生銀條般嫩腿兒來。夾在兩邊腰眼間。那話上使了託子。向花心裡頂入。龜頭昂大。濡攪半晌。方纔沒稜。那鄭月兒把眉頭蹙在一處兒。兩手攀閣在枕上。隱忍難挨。朦朧着星眼。低聲說道。今日你饒了鄭月兒罷。西門慶于是扛起他兩隻金蓮。于肩膀上。肆行抽送。不勝歡娛。正是得多少春點碧桃紅綻蕊。風欺楊柳綠翻腰。有詩爲証。

帶雨籠烟匝樹奇　妖嬈身勢似難支
水推西子無雙色　春點河陽第一枝
濃艷正宜吟郡子　功夫何用寫王維
含情故把芳心束　留住東風不放歸

當下西門慶。與鄭月兒。留戀至三更。方纔囘家。到次日。吳月娘打發他往衙門中去了。和玉樓金蓮。李嬌兒。都在上房坐的。只見玳安進來。上房取尺頭匣兒。往夏提刑送生日禮去。四樣鮮看。一罈酒。一疋金段。月娘因問玳安。你爹昨日坐轎子。往誰家吃酒。吃到那咱晚纔來家。想必又在韓道國家。望他那老婆去來。原來賊囚根子。成日只瞞着我。背地替他幹這等繭兒。玳安還道。不是他漢子來家。爹怎好的。月娘道。不是那里。却是誰家。

那玳安又不說。只是笑。取了段匹。送禮去了。潘金蓮道。娘你不消問這賊囚根子。他也不肯實說。我聽見說蠻小廝。昨日也跟他爹去來。你只吽了蠻小廝來問他。就是了。一面把春鴻吽到跟前。金蓮問。你昨日跟了你爹轎子去。在誰家吃酒來。你實說便罷。不實說。如今你大娘。就要打你。那春鴻跪下。便道娘。休打小的。待小的說就是來。小的和玳安琴童哥三個。跟俺爹從一座大門樓進去。轉了幾條街巷到個人家。只半截門兒。都用鋸齒兒鑲了。門裡立着個娘娘。打扮的花花黎黎的。金蓮聽見笑了。說道囚根子。一個院裡半門子。也認不的了。赶着粉頭。吽娘娘起來。金蓮問道。那個娘娘。怎麽模樣。你認的他不認的。春鴻道。我不認的他。生的相菩薩樣。也相娘每頭上戴着這個假殼進入裡面。一個年老白頭的阿婆出來。望俺爹拜了一拜。落後請到大後邊。竹籬笆進去。又是一位年小娘娘出來。不戴假殼。生的銀盆臉。瓜子面。搽的嘴唇紅紅的。陪着俺爹吃酒。金蓮道。你每都在那里坐來。春鴻道。我在俺玳安琴童哥便在阿婆房裡。陪着俺每吃酒并肉兠子來。把月娘玉樓笑的了不得。因問道你認的他不認的。春鴻道那一個。好似在咱家唱的。玉樓笑道。就是李桂姐了。月娘道。原來摸到他家去了。李嬌兒道俺家沒半門子。也沒竹搶籬。金蓮道。只怕你不知道。你家新安的半門子是的。問了一回。西門慶來家。往夏提刑家拜壽去了。却說潘金蓮房中。養活的一隻白獅子猫兒。渾身純白。只額兒上帶龜背一道黑。名喚雪裡送炭。又名雪獅子。又善會口啣汗巾兒拾扇兒。西門慶不在房中。婦人晚夕。常抱着他在被窩裡睡。又不撒尿屎在衣服上。婦人吃飯。常蹲在肩上喂他飯。呼之即至。揮之即去。婦人常喚他是雪賊。每日不吃牛肝乾魚。只吃生肉半斤。調養得十分肥壯。毛內可藏一雞彈。甚是愛惜他。終日抱在膝上摸弄。不是生好意。因李瓶兒官哥兒平昔好猫。尋常無人處在房裡用紅絹裹肉。令猫撲而撾食。也是合當有事。官哥兒。心中不自在。連日吃劉婆子藥。畧覺好些。李瓶兒與他穿上紅段衫兒。安頓在外間炕上鋪着小褥子兒頑耍。迎春守着。奶子便在旁拏着碗吃飯。不料金蓮房中。這雪獅子。正蹲在護炕上看見官哥兒在炕上穿着紅衫兒。一動動的頑耍。只當平日哄喂他肉食一般。猛然望下一跳。撲將官哥兒身上。皆抓破了。

只聽那官哥兒呱的一聲。倒咽了一口氣。就不言語了。手脚俱被風搐起來。慌的奶子丟下飯碗。摟抱在懷。只顧唾噦。與他收驚。那猫還來赶着他要撾。被迎春打出外邊去了。如意兒實承望孩子搐過一陣好了。誰想只顧常連。一陣不了。一陣搐起來。李瓶兒。入在後邊。一面使迎春後邊。請娘去。哥兒不好了。風搐着哩。吽娘快來。那李瓶兒不聽便罷。聽了。正是驚損六葉連肝肺。諕壞三毛七孔心。連月娘慌的兩步做一步。走逕撲到房中。見孩子。搐的兩隻眼。直往上弔。通不見黑眼睛珠兒。口中白沫流出。咿咿猶如小鷄吽。手足皆動。一見心中猶如刀割相侵一般。連忙摟抱起來。臉搵着他嘴兒。大哭道。我的哥哥。我出去好好兒。怎麽的搐起來。迎春與奶子。悉把被五娘房裡猫所諕一節說了。那李瓶兒。越發哭起來。說道我的哥哥。你緊不可公婆意。今日你只當脫不了。打這條路兒去了。月娘聽了一聲兒。沒言語。一面叫將金蓮來問他。說是你屋裡的猫諕了孩子。金蓮問。是誰說的。月娘指着是奶子。和迎春說來。金蓮道你着這老婆子。這等張睛。俺猫在屋裡好好兒的卧着不是你每亂道。怎的把孩子諕了。沒的賴人起來。爪兒只揀軟處捏。俺每這屋裡。是好纏的。月娘道他的猫。怎得來這屋里。迎春道。每常也來這邊屋裡走跳。那金蓮接過來道早時你說每常怎的不撾他。可可今日兒。就撾起來。你這丫頭。也跟着他恁張眉瞪眼兒。六說白道的。將就些兒罷了。怎的要把弓兒扯滿了。可可兒俺每自恁沒時運來。于是使性子。抽身往房里去了。看官聽說。常言道

花枝葉下猶藏刺。人心怎保不懷毒。這潘金蓮。平日見李瓶兒
從有了官哥兒。西門慶。百依百隨。要一奉十。每日爭妍競寵。心
中常懷嫉妒不平之氣。今日故行此陰謀之事。馴養此猫。必欲
諕死其子。使李瓶兒寵衰。教西門慶復親于已。就如昔日屠岸
賈。養神獒害趙盾丞相一般。正是

湛湛青天不可欺　未曾舉意早先知
休道眼前無報應　古往今來放過誰

月娘衆人。見孩子只顧搐起來。一面熬姜湯灌他。一面使來安
兒。快叫劉婆去。不一時。劉婆子來到。看了脉息。只顧跌脚。說道
此遭驚諕重了。是驚風。難得過來。急令快熬燈心薄荷湯。金銀
湯。取出一丸金箔丸來。向鍾兒内研化。牙關緊閉。月娘連忙拔

下金簪兒來。撬開口。灌下去。過得來便罷。如過不來。告過主家奶奶。必須要灸幾醮纔好。月娘道。誰敢躭。必須還等他爹來問了他爹。不然灸了。惹他來家喓喝。李瓶兒道。大娘救他命罷若等來家。只恐遲了。惹是他爹罵等我承當就是了。月娘道孩兒是你的孩兒。隨你灸。我不敢張主當下劉婆子把官哥兒。眉攢脖根。兩手關尺并心口。共灸了五醮。放他睡下。那孩子昏昏沉沉。直睡到日暮時分。西門慶來家。還不醒。那劉婆見西門慶來家。月娘與了他五錢銀子藥錢。一溜烟從夾道內出去了。西門慶歸到上房。月娘把孩子風搐不好。對西門慶說了。西門慶連忙走到前邊來看視。見李瓶兒哭的眼紅紅的問孩兒怎的風搐起來。李瓶兒來滿眼落淚。只是不言語。問丫頭奶子。都不敢說。西門慶又見官哥兒手上皮兒去了。灸的滿身火艾。心中焦燥。又走到後邊問月娘。月娘隱瞞不住。只得把金蓮房中猫驚唬之事說了。劉婆子剛纔看。說是急驚風。若不針灸難過得來。若等你來。又恐怕遲了。他娘母子主張教他灸了。孩兒身上五醮。纔放下他睡了。這半日還未醒。西門慶不聽便罷。聽了此言。三尸暴跳。五臟氣冲。怒從心上起。惡向胆邊生。直走到潘金蓮房中。不由分說。尋着猫提溜着脚。遠向穿廊。望石臺基輪起來只一摔。只聽响喨一聲。腦漿迸萬朶桃花。滿口牙零濟碎玉。正是不在陽間擒鼠耗。却歸陰府作狸仙。那潘金蓮見他拏出猫去摔死了。坐在炕上。風紋也不動。待西門慶出了門。口裡喃喃吶吶。罵道賊。作死的強盜。把人粧出去殺了。纔是好漢。一個猫兒碍着你。味屎乙下神也似走的來捽死了。他到陰司裡。明日還問你要命。你慌怎的。賊不逢好死。變心的强盜。這西門慶走到李瓶兒房裡。因說奶子迎春。我教你好生看着孩兒。怎的教猫諕了他。把他手也撾了。又信劉婆子那老淫婦。平白把孩子灸的恁樣的。若好便罷。不好把這老婬婦。拏到衙門裡。與他個兩拶。李瓶兒道你着孩兒緊日不得命。你又是恁樣的孝順。是兒家他也巴不得要好哩。當下李瓶兒。只指望孩兒好來。不料被艾火把風氣反于內。變爲慢風。內裡抽搐的腸肚兒皆動。尿屎皆出。大便屙出五花顏色。眼目忽睜忽閉。中朝只是昏沉不省。奶也不吃了。李瓶兒慌了。到處求神問卜打封家。有凶無吉。月娘瞞着西門慶。有請劉婆子來家調神。又請小兒科太醫來看。

都用接鼻散試之若吹在鼻孔內打鼻涕還看得若無鼻涕出來則看陰隲守他罷了于是吹下去茫然無知並無一個噴涕出來越發晝夜守養哭涕不止連飲食都減了看看到八月十五日將近月娘因他不好連自家生日都回了不做親戚內眷就送禮來也不請家中止有吳大妗子楊姑娘并大師父來相伴那薛姑子和王姑子兩個在印經處爭分錢不平又使性兒彼此互相揭調十四日賷四同薛姑子催討將經卷挑將來一千五百卷都完了李瓶兒又與了一弔錢買帋馬香燭十五日同陳經濟早往岳廟裡進香帋把經來看看都散施盡了走來回李瓶兒話喬大戶家一日一遍使孔嫂兒來看又舉薦了一個看小兒的鮑太乙來看說道這個變成天弔客忤治不得

了。白與了他五錢銀子。打發去了。灌下藥去。也不受。還吐出來了。只是把眼合着。口中咿的牙格支支响。李瓶兒通衣不觧帶。晝夜口接在懷中。眼淚不乾的。只是哭。西門慶也不往那裡去。每日衙門中來家。就進來看孩兒。那時正值八月下旬天氣。李瓶兒。守着官哥兒。睡在床上。卓上點着銀燈。丫鬟養娘。都睡熟了。覷着滿窓月色。更漏沉沉。見那孩兒只是昏昏不省人事。一向愁腸萬結。離思千端。正是人逢喜事精神爽。悶來愁腸磕睡多。

但見

銀河耿耿。玉漏迢迢。穿窓皓月耿寒光。透戶涼風吹夜氣。鴈聲嘹喨。孤眠才子夢魂驚。蛩韻凄涼。獨宿佳人情緒苦。譙樓禁鼓。一更未盡一更敲。別院寒砧。千搗將殘千搗起。畫簷前叮噹鉄馬。敲碎仕女情懷。銀臺上閃爍燈光。偏照佳人長歎。

一心只想孩兒好。誰料愁來在夢多。

當下李瓶兒。卧在床上。似睡不睡。夢見花子虛。從前門外來。身穿白衣。恰活時一般。見了李瓶兒。厲聲罵道。潑賊淫婦。你如何抵盜我財物。與西門慶。如今我告你去也。被李瓶兒。一手扯住他衣袖。央及道好哥哥。你饒恕我則個。花子虛一頓。撒手驚覺。却是南柯一夢。醒來手裡扯着。却是官哥兒的衣衫袖子。連嚇了幾口。道怪哉怪哉。一聽兩更鼓時。正打三更三點。這李瓶兒唬的渾身冷汗。毛髮皆豎起來。到次日西門慶進房來。把夢中之事。告訴與西門慶。西門慶道。知道他死到那裡去了。此是你夢想舊境。只把心來放正着。休要理他。你休害怕。如今我使小厮。拏轎子接了吳銀兒。晚多來與你做伴兒。再把老媽叫來。伏你兩個。玳安打院裡接了吳銀兒來。那消到日西時分。那官哥兒在奶子懷裡。只搐氣兒了。慌的奶子叫李瓶兒娘你來看哥哥這黑眼睛珠兒只往上翻。口裡氣兒只有出來的。沒有進去的。這李瓶兒走來。抱到懷中。一面哭起來。叫丫頭快請你爹去。你說孩子待斷氣也。可好常時節。又走來說話。告訴房子兒尋下了。門面兩間二層。大小四間。只要三十五兩銀子。西門慶聽見後邊官哥兒重了。就打發常時節起身。說我不送你罷。改日我使人拏銀子和你看去。急急走到李瓶兒房中。月娘眾人連吳銀兒大妗子。都在房里瞧着那孩子在他娘懷里。把嘴一口口搐氣兒。西門慶不忍看他。走到明間椅子上坐着。只長吁短氣那消半盞茶時。官哥兒嗚呼哀哉斷氣身亡。時八月廿三日申時也。只活了一年零兩個月。合家大小放聲號哭。那李瓶兒撾耳撓腮。一頭撞在地下。哭的昏過去半日方纔甦省。摟着他大放聲哭。叫道我的沒救星兒。心疼殺我了。寧可我同你一答兒裡死了罷。我也不久活于世上了。我的拋閃殺人的心肝。撇的我好苦也。那奶子如意兒。和迎春在旁。哭的言不得動不得。西門慶即令小廝。收拾前廳西廂房乾淨。放下兩條寬櫈。要把孩子連枕席被褥擡出去。那裡挺放。那李瓶兒倘在孩兒身上。兩手摟抱着。那里肯放。口口聲聲。直叫沒救星的寃家。嬌嬌的兒。生揭了我的心肝去了。撇的我枉費辛苦。乾生受一塲。再不得見你了。我的心肝。月娘衆人哭了一回。在旁勸他不住。西門

慶走來。見他把臉抓破了。滾的寶髻鬅鬆。烏雲散亂。便道你看
蠻子。他既然不是你我的兒女。乾養活他一塲。他短命死了。哭
兩聲。丟開罷了。如何只顧哭了去。又哭不活他。你的身子也要
緊。如今擡出去。好叫小廝請陰陽來看。那是甚麽時候。月娘道。
這個也有申時前後。玉樓道我頭裡怎麽說來。他管情還等他
這個時候。纔閤去。原是申時生。還是申時死。日子又相同。都是
二十三日。只是月分差些。圓圓的一年零兩個月。李瓶兒見小
厮每伺候兩旁。要擡他。又哭了。說道。慌擡他出去怎麽的。大媽
媽。你伸手摸摸。他身上還熱的。叫了一聲。我的兒嘑。你教我怎
生割捨的。你去。坑得我好苦也。一頭又撞倒在地下。放聲哭道
有山坡羊爲證。

叫一聲青天。你如何坑陷了人奴性命。叫一聲我的嬌兒呵。恨不的一聲兒。就要把你叫應。也是前緣前世。那世裡少欠下你冤家債不了。輪着我今生今世。爲你眼淚也拋流不盡。每日家另胆提心。費殺了我心。從來我又不曾坑人陷人。蒼天如何恁不睜眼。非是你無緣。必是我那些兒薄倖。撇的我囬撲着地。樹倒無陰。來的竹籃打水。落而無効。叫了一聲痛腸的嬌生。奴情愿和你陰靈路上。一處兒行。

當下李瓶兒哭了一囬。把官哥兒擡出停在西廂房內。月娘向西門慶計較。還對親家那里。并他師父廟裡說聲去。西門慶道。他師父廟裡明早去罷。一面使玳安往喬大戶家說了。一面使人請了徐陰陽來批書。又拏出十兩銀子與賁四。教他快擡了一付平頭杉板。令匠人隨即儹造了一具小棺槨兒。就要入殮。喬宅那里一聞來報。隨即喬大戶娘子就坐轎子。進門來就哭月娘衆人。都陪着大哭了一場。告訴前事一遍。不一時。說了陰陽徐先生來到。看了。說道哥兒還是正申時永逝。月娘分付出世。教與他看看黑書。徐先生掐指尋復又檢閱了陰陽秘書。瞧了一回。哥兒生時八字。生于政和丙申六月廿三日申時。卒于政和丁酉八月廿三日申時。月令丁酉。日干壬子。犯天地重春。本家却要忌忌哭聲。親人不忌。入殮之時。蛇龍鼠兎。四生人避之則吉。又黑書上云。壬子日死者。上應寶瓶宮。下臨齊地。他前生曾在兖州蔡家作男子。曾倚力奪人財物。吃酒落魄。不敬天地六親。橫事牽連。遭氣寒之疾。久卧床席。穢汚而亡。今生爲小見赤患風搐之疾。十日前被六畜驚去魂魄。又犯土司太歲先亡。攝去寃死。託生往鄭州王家爲男子。後作千戶。壽六十八歲而終。須臾徐先生看了黑書。請問老爹。明日出去。或埋或化。西門慶道。明日如何出得出。三日念了經。到五日出去墳上埋了罷。徐先生道。二十七日丙辰。合家本命都不犯。宜正午時掩土。批畢書。一面就收拾入殮。已有三更天氣。李瓶兒哭着往房中。尋出他幾件小道衣道髻鞋襪之類。替他安放在棺槨內。釘了長命釘。合家大小又哭了一塲。打發陰陽去了。次日西門慶亂着。也沒往衙門中去。夏提刑打聽得知。早辰衙門散時。就來弔問致賻慰懷。又差人對吳道官廟裡說知。到三日。請報恩寺八衆僧人。在家誦經。吳道官廟裡幷喬大戶家俱備折卓三牲來祭奠。吳大舅。沈姨夫。門外韓姊夫。花大舅。都有三牲祭卓來燒帋。應伯爵。謝希大。溫秀才。常時節。韓道國。甘出身。賁地傳。李智。黃四。都鬪了分資。晚夕來與西門慶宿伴。打發僧人去了。叫了一起提偶的。先在哥兒靈前祭畢。然後西門慶在大廳上。放卓席管待衆人。那日院中李桂姐。吳銀兒。并鄭月兒三家。都有人情來上帋。李瓶兒思想官哥兒。每日黃懨懨。連茶飯兒都懶待吃。題起來只是哭涕。把喉音都哭啞了。西門慶怕他思想孩兒。尋了拙智。白日裡分付奶子丫鬟和吳銀兒相伴他。不離左右。晚夕西門慶。一連在他房中歇了三夜。枕上百般解勸。薛姑子夜間。又替他念楞嚴經。解寃呪。勸他休要哭了。經上不說的好。改頭換面。輪迴去來。世機緣莫想他當來世。他不是你的兒女。

都是宿世冤家債主。託出來。化財化目。騙刧財物。或一歲而亡。二歲而亡。三六九歲而亡。一日一夜。萬死萬生。陀羅經上不說的好。昔日有一婦人。常持佛頂心陀羅經。日以供養不缺。乃于三生之前。曾置毒藥。殺害他命。此冤家不爭離于前後。欲求方便致。殺其母。遂以托蔭此身。向母胎中。抱母心肝。令母至生產之時。分解不得。萬死千生。及至生產下來。端正如法。不過兩歲。即便身亡。母思憶之。痛切號哭。遂即把他孩兒。抛向水中。如是三遍。托蔭此身。向母腹中。欲求方便致殺其母。至第三遍。准前得生。向母胎中。百千計較。抱母心肝。令其母千生萬死。悶絕叫喚。准前得生下。特地端嚴。相見具足。不過兩歲。又以身亡。母既見之。不覺放聲大哭。是何惡業因緣。准前把孩兒。直至江邊。已經數時。不忍拋棄。感得觀世音菩薩。遂化作一僧。身披百衲。直至江邊。乃謂此婦人曰。不用啼哭。此非是你男女。是你三生前冤家。三度托生。欲殺母不得。爲緣你常持誦佛頂心陀羅經。并供養不缺。所以殺汝不得。若你要見這冤家。但隨貧僧手指看之。道罷。以神通力一指。其兒遂化作一夜叉之形。向水中而立。報言緣汝曾殺我來。我今故來報冤。葢緣汝有大道心。常持佛頂心陀羅經。善神日夜擁護。所故殺汝不得。我已蒙觀世音菩薩受度了。從今永不與汝爲冤。道畢。沉水中不見。此女人兩淚交流。禮拜菩薩。歸家益修善事。後壽至九十七歲而終。轉女成男。不該我貧僧說。今你這兒子。必是宿世冤家。托來你蔭下。化目化財。要惱害你身。爲緣你供養修時。那捨了此經。一千五百卷有此功行。他撥害你不得。今此離身。到明日再生下來。纔是你兒女。這李瓶兒聽了。終是愛緣不斷。但題起來。輒流涕不止。須臾過了五日光景。到廿七日早辰。僱了八名青衣白帽小童。大紅銷金棺。與旛幢雲蓋。玉梅雪柳圍隨。前首大紅銘旌。題着西門冢男之柩。吳道官廟裡。又差了十二衆青衣小道童兒來。遶棺轉咒生神玉章。動清樂送殯。衆親朋陪西門慶穿素服走至大街東口。將及門上。纔上頭口。西門慶恐怕李瓶兒到墳上悲慟。不叫他去。只是吳月娘。李嬌兒。孟玉樓。潘金蓮。大姐。家里五頂轎子。陪喬親家母。大妗子。和李桂姐。鄭月兒。吳舜臣媳婦鄭玉姐。往內頭去。留下孫雪娥。吳銀兒。并個姑子在家。與李瓶兒做伴兒。那李瓶兒見不放他去。見棺材起身。送出到大門首。

趕着棺材。大放聲。一口一聲。只叫不來家。虧心的兒嚛。叫的連聲氣破了。不防一頭撞在門底下。把粉額磕傷。金釵墜地。慌了吳銀兒與孫雪娥。向前攙扶起來。勸歸後邊去了。到了房中。見炕上空落落的。只有他要的那壽星博浪鼓兒。還掛在床頭上。一面想將起來。拍了卓子。由不的又哭了。山坡羊全腔爲証。

進房來。四下靜。由不的我俏嘆。想嬌兒。哭的我肝腸兒氣斷。想着生下你來。我受盡了千辛萬苦。說不的偎乾就濕。成日把你耽心兒來看。教人氣破了心腸。和我兩個結冤。實承望你與我做生兒。團圓久遠。誰知道天無眼。又把你殘生喪了。撇的我前不着村。後不着店。明知我不久也命喪在黃泉。來的咱娘兒兩個。鬼門關上。一處兒眠。叫了一聲。我嬌嬌的心胝。皆因是前世裡無緣。你今生壽短。
那吳銀兒在旁。一面拉着他手。勸說道娘。少哭了。哥哥已是拋閃了你去了。那裡再哭得活。你須自解自歎。休要只顧煩惱了。

雪娥道。你又年少青春。愁到明日養不出來。也怎的。這裡牆有縫。壁有眼。俺每不好說的。他使心用心。反累已身。誰不知他氣不忿。你養這孩子。若果是他害了。當當來世。教他一還一報。問他要命。不知你我也被他話理了幾遭哩。只要漢子常守着他便好。到人屋裡睡一夜兒。他就氣生氣死。早時前者。你每都知道。漢子等間不到我後邊。到了一遭兒。你看背地亂都唧喳成一塊。對着他姐兒每。說我長。道我短。那個昏包兒里也看哩。俺每也不言語。每日洗着眼兒。看着他。這個淫婦到明日還不知怎麼死哩。李瓶兒道。罷了。我也惹了一身病在這裡。不知在今日明日死也。和他也爭執不得了。隨他罷。正說着。只見奶子如意兒。向前跪下。哭道小媳婦有句話不敢對娘說。今日哥兒死了。乃是小媳婦沒造化。只怕往後爹的大娘。打發小媳婦出去。小媳婦。男子漢又沒了。那裡投奔。李瓶兒見他這般說。又心中傷痛起來。說我有那冤家在一日。去用他一日。他豈有此話說。便道怪老婆。你放孩子便沒了。我還沒死哩。總然我到明日死了。你恁在我手下一場。我也不教你出門。往後你大娘身子。若是生下哥兒小姐來。你就接了奶。就是一般了。你慌亂的是此甚麼。那如意兒方纔不言語了。這李瓶兒良久。又悲慟哭起來。

前腔。

想嬌兒想的我無顛無倒盼嬌兒除非是夢兒中來到白日裡覩物傷情如刀剜了肺腑到晚間睡醒來再不見你在我這懷兒中抱由不的珎珠望下抛你再不來在描金床兒上睡着須要你再不來在我手掌兒上引笑你再不來相靠着我胸膛兒來的生抱這熱笑笑心肝割上一刀奴爲你乾生受枉費了徒勞稱怨了别人撇的我無有個下梢

雪娥與吳銀兒兩個在旁解勸了一回說道你肚中吃了些甚麼兒這般只顧哭了去一面綉春後邊拿了飯來擺在卓上陪他吃那李瓶兒怎生嚥得下去只吃了半甌兒就丢下不吃了西門慶在墳上教徐先生畫了穴把官哥兒就埋在先頭陳氏娘懷中抱孫葬了那日喬大戸山頭并衆親戚都在祭祀就在

新蓋捲掤管待。飲酒一日。來家李瓶兒與月娘喬大戶娘子。大妗子。磕着頭又哭了。向喬大娘子說道。親家誰似奴養的孩兒不氣長。短命死了。既死了。你家姐姐做了望門無力。勞而無功。親家休要笑話。那喬大戶娘子說道。親家怎的這般說話。孩兒每各人壽數。誰人保得後來的事。常言先親後不改。親家每又不老往後愁沒子孫。須得慢慢來。親家也少要煩惱了。說畢。作辭回家去了。西門慶在前廳。教徐先生洒輝。各門上都貼辟非黃符。死者煞高三丈。向東北方而去。遇日遊神冲回不出。斬之則吉。親人勿避。西門慶拏出一疋大布。二兩銀子。謝了徐先生管待出門。晚夕入李瓶兒房中。陪他睡。夜間百般言語溫存。見官哥兒的戲耍物件。都還在根前。恐怕李瓶兒看見思想煩惱。

都令迎春。拏到後邉去了。正是

思想嬌兒晝夜啼。　寸心如割命懸絲。

世間萬般哀苦事。　除非死別共生離。

畢竟未知後來何如。且聽下回分解。

金瓶梅

第六十回　李瓶兒病纏死孽

聯經出版事業公司 景印版

西門慶官作生涯

第六十回

李瓶兒因氣惹病　西門慶立段鋪開張

赤繩緣盡再難期　造化無端敢恨誰
殘淚驚秋和葉落　斷魂隨月到窓遲
金風拂面思兒處　玉燭成灰墮淚時
任是肝腸如鐵石　不生悲也自生悲

話說當日孫雪娥。吳銀兒。兩個在旁邊。勸解了李瓶兒一回云云。到後邊去了。那潘金蓮。見孩子沒了。李瓶兒死了生兒。每日抖擻精神。百般的稱快。指着丫頭。罵道賊淫婦。我只說你日頭常晌午。却怎的今日。也有錯了的時節。你班鳩跌了。彈也嘴答谷了。春櫈折了靠背兒。沒的倚了。王婆子賣了磨。推不的了。老鵝子死了粉頭。沒指望了。却怎的也和我一般。李瓶兒。這邊屋裡。分明聽見。不敢聲言。背地裡只是弔淚。着了這暗氣暗惱。又加之煩惱憂戚。漸漸心神恍亂。夢魂顛倒兒。每日茶飯都減少了。自從墳上葬埋了官哥兒回來。第二日吳銀兒就家去了。老馮領了十三歲丫頭。來賣與孫雪娥房中使喚。要了五兩銀子。改名翠兒。不在話下。這李瓶兒。一者思念孩兒。二者着了重氣。把舊時病症。又發起來。照舊下邊經水淋漓不止。西門慶請任醫官來看一遍。討將藥來吃下去。如水澆石一般。（觀此佳人半安一旦凋減[illegible]為之著[illegible]嗟）越吃藥越旺。那消半月之間。漸漸容顏頓減。肌膚消瘦。而精彩丰標。無復昔時之態矣。正是肌骨大都無一把。如何禁架許多愁。一日九月初旬。天氣凄涼。金風漸漸。李瓶兒。夜間獨宿在房中。銀床枕冷。

紗窻月浸。不覺思想孩兒。欷歔長歎。似睡不睡。恍恍然恰似有人彈的窻櫺响。李瓶兒呼喚丫鬟。都睡熟了不荅。乃自下床來倒靸弓鞋。翻披綉襖。開了房門。出戶視之。彷彿見花子虛。抱着官哥兒。叫他新尋了房兒。同去居住。這李瓶兒。還捨下的西門慶。不肯去。雙手就去抱那孩兒。被花子虛只一推。跌倒在地。撒手驚覺。却是南柯一夢。嚇了一身冷汗。嗚嗚咽咽。只哭到天明。正是有情豈不等着。相自家迷。有詩為証。

纖纖新月照銀屏　人在幽閨欲斷魂
益悔風流多不足　須知恩愛是愁根

那時來保南京貨船又到了。使了後生王顯上來。取單稅銀兩。西門慶這里寫書。差榮海。拏一百兩銀子。又具羊酒金叚禮物。

謝主事。就說此船貨過稅。還望青目一二。家中收拾鋪面完備。又擇九月初四日開張。就是那日卸貨。連行李共裝二十大車。那日親朋遞果盒。掛紅者。約有三十多人。喬大戶叫了十二名吹打的樂工。雜耍撮弄。西門慶這裡。李銘吳惠鄭春。三個小優兒彈唱。甘夥計與韓夥計。都在櫃上發賣。一個看銀子。一個講說價錢。崔本專管收生活。不拘經紀買主進來。讓進去。每人飲酒二杯。西門慶穿大紅冠帶着。燒罷紙。各親友都遞果盒。把盞畢。後邊廳上安放十五張桌席。五果五菜。三湯五割。從新遞酒上坐。鼓樂喧天。那日夏提刑家。差人送禮花紅來。西門慶回了禮物。打發去了。在座者有喬大戶。吳大舅。吳二舅。花大舅。沈姨夫。韓姨夫。吳道官。倪秀才。溫葵軒。應伯爵。謝希大。常時節。原來

西門慶近日與了他五十兩銀子使了三十五兩典了房子十
五兩銀子做本錢在家開了個小小雜貨鋪兒過其日月不題
近隨衆出分資來與西門慶慶賀還有李智黃四傅自新等衆
夥計主管并街坊鄰舍都坐滿了席面三個小優兒在席前唱
了一套南呂紅衲襖混元初生太極云云須臾酒過五巡食割
三道下邊樂工吹打彈唱雜耍百戲過去席上觥籌交錯當日
應伯爵謝希大飛起大鍾來杯來盞去飲至日落時分把衆人
打發散了西門慶只留下吳大舅沈姨夫倪秀才溫葵軒應伯
爵謝希大從新擺上卓席留後坐那日新開張夥計攢帳就賣
了五百餘兩銀子西門慶滿心歡喜晚夕收了鋪面把甘夥計
韓夥計傅夥計崔本賁四連陳經濟都邀來到席上飲酒吹打

良久把吹打樂工打發去了止留下三個小優兒在席前唱那應伯爵坐了一日吃的已醉上來出來前邊解手叫過李銘問李銘那個紮包髻兒的清俊小優兒是誰家的李銘道二爹不知道因掩口說道他是鄭奉的兄弟鄭春前日爹在裡邊他家吃酒請了他姐姐愛月兒了伯爵道真個怪道前日上墳送殯都有他于是歸到酒席上向西門慶道哥你又恭喜又擡了小舅子了西門慶笑道怪狗材休要胡說一面叫過王經來斟與你應二爹一大杯酒伯爵向吳大舅說道老舅你怎麽說這鍾罰的我沒名西門慶道我罰你這狗材一個出位妄言那伯爵低頭想了想兒呵呵笑了道不打緊處等我吃我吃死不了人又道我從來吃不得啞酒你叫鄭春上來唱個兒我聽我纔罷

了。當下三個小優。一齊上來彈唱。伯爵令李銘吳惠下去。不要
你兩個。我只要鄭春單彈着箏兒。只唱個小小曲兒。我下酒罷。
謝希大叫道。鄭春你過來。依着你應二爹唱。西門慶道。和花子
講過。有個曲兒吃一鍾酒。于是玳安旋取了兩個大銀鍾。放在
應二面前。那鄭春欵按銀箏。低低唱清江引道。
一個姐兒十六七。見一對蝴蝶戲。香肩靠粉墻。春箏彈珠淚。
喚梅香。赶他去別處飛。
鄭春唱了個請酒。伯爵剛纔飲訖。那玳安在旁連忙又斟上一
盃酒。鄭春又唱道。
轉過雕闌正見他。斜倚定荼蘼架。佯羞整鳳釵。不說昨宵話。
笑吟吟。掐將花片兒打。

伯爵吃過。連忙推與謝希大。說道。罷。我是成不的。成不的。這兩
大鍾。把我就打發的了。謝希大道。傻化子。你吃不的。推于我來。
我是你家有毬的蠻子。伯爵道。傻花子。我明日就做了堂上官
兒。少不的是你替。西門慶道。你這狗材。到明日只好做個韶武。
伯爵笑道。傻孩兒。我做了韶武。把堂上讓與你就是了。西門慶
笑令玳安兒。拏磕瓜來。打這賊花子。那謝希大悄悄向他頭上
打了一個响瓜兒。說道。你這花子。溫老先生在這里。你口裡只
恁胡說。伯爵道。溫老先兒。他斯文人。不管這閒事。溫秀才道。二
公與我這東君老先生。原來這等厚。酒席中間。誠然不如此。也
不樂。悅在心。樂主發散在外。自不覺手之舞之。足之蹈之。如此。
座上沈姨夫。向西門慶說。姨夫。不是這等。請大舅上席。還行個

令兒。或擲骰或猜枚或看牌。不拘詩詞歌賦頂真續麻急口令。說不過來。吃酒。這個庶幾均勻。彼此不亂。西門慶道姨夫說的是。先斟了一杯與吳大舅起令。吳大舅拏起骰盆兒來。說道列位我行一令。說差了。罰酒一杯。先用一骰後用兩骰遇點飲酒。

一百萬軍中捲白旗　二天下豪傑少人知

三秦王斬了余元帥　四罵得將軍無馬騎

五諕得吾今無口應　六衮衮街頭脫去衣

七皂人頭上無白髮　八分屍不得帶刀歸

九一九好藥無人點。　十千載終湏一撇離

吳大舅擲畢。遇有兩點飲過酒。該沈姨夫起令。說道用一骰六擲。遇點飲酒。說道

天象六色地象雙　人數推來中二紅
三見巫山梅五出　算來花有幾人通

當下只遇了個四紅。飲過一杯。過盃與溫秀才。秀才道。我學生奉令了。遇點要一花名。名下接四書一句頂。

一擲一點紅。紅梅花對白梅花。　二擲並頭蓮。蓮漪戲彩鴛。
三擲三春柳。柳下不整冠。　四擲狀元紅。紅紫不以爲褻服。
五擲臈梅花。花迎劍珮星初落。　六擲滿天星。星辰之遠也。

溫秀才只遇了一鍾酒。該應伯爵行令。伯爵道。我在下一個字也不識。行個急口令兒罷。

一個急急腳腳的老小。左手拏着一個黃豆巴斗。右手拏着一條綿花叉口。望前只管跑走。撞着一個黃白花狗。咬着那綿花叉口。那急急腳腳的老小。放下那左手提的那黃豆巴斗。走向前去打黃白花狗。不知手鬪過那狗。狗鬪過那手。西門慶笑罵道。你這賊。謅斷了腸子的。天殺的。誰家一個手去鬪狗來。一口不被那狗咬了。伯爵道。誰教他不拏個棍兒來。我如今抄化子。不見了拐棒兒。受狗的氣了。謝希大道。大官人你看花子。自家倒了柴。說他是花子。西門慶道。該罰他一鍾。不成個令。謝子張你行罷。謝希大道。我這令兒。比他更妙。說不過來。罰一鍾。

墻上一片破瓦。墻下一疋騾馬。落下破瓦。打着騾馬。不知是那破瓦。打傷騾馬。不知是那騾馬。踏碎了破瓦。

伯爵道。你笑話我的令不好。你這破瓦倒好。你家娘子兒劉大姐。就是個騾馬。我就是個破瓦。俺兩個破磨對腐驢。謝希大道。你家那杜蠻婆老淫婦。撒把黑豆。只好喂猪拱狗。也不要他。兩個人鬬了回嘴。每人罰了一鍾。該傅自新行令。傅自新道。小人行個江湖令。遇點飲酒。先一後二。

一冊二欖。三人捱出四川河。五音六律。七人齊唱八仙歌。九十春光齊賞翫。十一十二慶元和。

擲畢皆不遇。吳大舅道。總不如傅夥計。這個令兒行得切實些。伯爵道。太平鍾。也該他吃一杯兒。于是親下席來。斟了一杯與傅自新吃。如今該韓夥計。韓道國道。老爹在上。小人怎敢占先。西門慶道。你每行過。等我行罷。于是韓道國道。頭一句要天上飛禽。第二句要果名。第三句要骨牌名。第四句要一官名。俱要

貫串。遇點照席飲酒。說

天上飛來一仙鶴　落在園中吃鮮桃
却被孤紅拏住了　將去獻與一提學
天上飛來一鷂鶯　落在園中吃朱櫻
却被二姑拏住了　將去獻與一公卿
天上飛來一老鸛　落在園中吃菱芡
却被三綱拏住了　將去獻與一通判
天上飛來一班鳩　落在園中吃石榴
却被四紅拏住了　將來獻與一尸侯
天上飛來一錦雞　落在園中吃苦株
却被五岳拏住了　將來獻與一尚書

天上飛來一淘鵞　落在園中吃蘋菠

却被綠暗拏住了　將來獻與一照磨

擲畢。該西門慶擲。西門慶道。我只擲四擲。遇點飲酒

六口載成一點霞　不論春色見梅花

摟抱紅娘親個嘴　抛閃鶯鶯獨自嗟

擲到遇紅一句。果然擲出個四來。應伯爵看見。說道哥。今年上冬。管情高轉加官。主有慶事。于是斟了一大杯酒。與西門慶。一面喚李銘等。三個上來。彈唱頑耍。至更闌方散。西門慶打發小優兒出門。看着收了家火。派定韓道國甘夥計崔本來保。四人輪流上宿。分付仔細門戶。就過那邊去了。一宿晚景不題。却說次日應伯爵領了李智黃四。來交銀子。說此遭只關了一千四

百五六十兩銀子。不勾還人。只挪了這三百五十兩銀子。與老爹。等下遭銀子關出來。再找完。不敢遲了。伯爵在旁。又替他說了兩句美言。西門慶把銀子教陳經濟來。拏天平兌收明白。打發去了。銀子還擺在卓上。西門慶因問伯爵道。常二哥說。他房子尋下了。前後四間。只要三十五兩銀子。就賣了。他來對我說。正值小兒病重了。我心裡正亂着哩。打發他去了。不知他對你說來不曾。伯爵道。他對我說來。我說你去的不是了。他迺郎不好。他自亂亂的。有甚麽心緒。和你說話。你且休回那房主兒。等我見哥替你題就是了。西門慶聽了。便道也罷。你吃了飯。拏一封五十兩銀子。今日是個好日子。替他把房子成了了來罷。剩下的教常二哥門面開個小本鋪兒。月間撰的幾錢銀子兒。勾他兩口兒盤攬過來。就是了。伯爵道。此是哥下顧他了。不一時。放卓兒擺上飯來。西門慶陪他吃了飯道我不留你。你拏了這銀子去替他幹幹這勾當去罷。伯爵道。你這里還教個大官。和我兩個拏這銀子去。西門慶道。沒的扯淡。你袖了去就是了。伯爵道。不是這等說。今日我還有小事去。實和哥說。家表弟杜三哥生日。早辰我送了些禮兒去。他使小廝來。請我後晌坐坐。我不得來回你。教個大官兒。跟了去。成了房子。我教大官兒好來回你。說罷。西門慶道。若是恁說。教王經跟了你去罷。一面吽了王經。跟伯爵去了。到了常時節家。常時節正在家。見伯爵至。讓進裡面坐。伯爵拏出銀子來。與常時節看。說大官人如此如此。教我同你今日成房子去。我又不得閒。杜三哥請我吃酒。我如今了畢你的事。我方纔得去。所以叫大官兒跟了我來。成了房子。我不回他爹話去。教他回回便了。常時節連忙叫渾家快看茶來。說道哥的盛情誰肯。一面吃畢茶。叫了房中人來。同到新市街。兌與賣主銀子。寫立房契。伯爵分付與王經歸家回西門慶話。剩的銀。教與常時節收了。他便與常時節作別。往杜家吃酒去了。西門慶看了文契。還使王經送與你常二叔收了。不在話下。正是

求人須求大丈夫　濟人須濟急時無
一切萬般皆下品　誰知陰德是良圖

正是玉光有影遺誰繫。萬事無根只自生。畢竟未知後來何如。且聽下回分解。

聯經出版事業公司 景印版

第六十一回　西門慶乘醉燒陰戶

李瓶兒帶病宴重陽

新刻金瓶梅詞話卷之七

第六十一回

韓道國筵請西門慶　李瓶兒苦痛宴重陽

去年九日愁何限、重上心來益斷腸、
秋色夕陽俱淡薄、淚痕離思共凄凉、
征鴻有隊全無信、黃菊無情却有香、
自覺近來消瘦了、頻將鸞鏡照容光、

話說一日韓道國晚夕鋪中散了。回家睡到半夜。他老婆王六兒與他商議、你我被他照顧。此遭挣了恁些錢。就不擺席酒兒請他來坐坐兒。休說他又丟了孩兒。只當與他釋悶。也請他坐半日。他能吃多少。彼此好看些。就是後生小郎。看着到明日。就到南邊去。也知財主。和你我親厚。比別人不同。韓道國道。我心裡也是這等說。明日是初五日。月忌不好。到初六日。叫了廚子。安排酒席。叫兩個唱的。具個柬帖。等我親自到宅內。請老爹散悶坐坐。我晚夕便往鋪子里睡去。王六兒道。平白又叫甚麼唱的。只怕他酒後。要來這屋裡坐坐。不方便。隔壁樂三姨家。常走一個女兒申二姐。年紀小小兒的。打扮又風流。又會唱時興的小曲兒。倒請將他來唱。等晚夕酒闌上來。老爹若進這屋里來。打發他過去就是了。韓道國道。你說的是。一宿晚景題過。到次日。這韓道國走到鋪子里。央及溫秀才。寫了個請柬兒。走到對門宅內。親見西門慶。聲喏畢。說道。老爹明日沒事。小人家里治了一杯水酒。無事請老爹貴步下臨。散悶坐一日。因把請柬遞上去。西門慶看了說道。你如何又費此心。我明日倒沒事衙門中回家就去。那韓道國作辭。出門來到鋪子做買賣。拏銀子叫後生胡秀。拏籃子往街。買雞蹄鵝鴨鮮魚嗄飯菜蔬。一面叫廚子在家。整理割切。使小厮。早拏轎子。接了申二姐來。王六兒同丫鬟。伺候下好茶好水。客座內打掃收拾桌椅乾淨。單等西門慶來。到等到午後。只見琴童兒先送了一罈葡萄酒來。然後西門慶。坐着涼轎。玳安王經跟隨到門首下轎。頭戴忠靖冠。身穿青水緯羅直身。粉頭皂靴。韓道國至迎入內見畢禮數說道又多謝老爹賜將來酒。正面獨獨安放一張校椅西門慶坐下。不一時。王六兒打扮出來。頭上銀絲䯼髻。翠藍綳紗羊皮金滾邊的箍兒。週圍插碎金草蟲啄針兒。白杭絹對衿兒。玉色水緯羅比甲兒。鴉黃挑線裙子。腳上老鴉青光素段子高底鞋兒。羊皮金緝的雲頭兒。耳邊金丁香兒。打扮的十分精緻。與西門慶揷燭也似磕了四個頭兒。回後邊看茶去了。須臾王經紅漆描金託子。拿了兩盞八寶青荳木樨泡茶。韓道國先取一盞。舉的高高。奉與西門慶。然後自取一盞旁邊相陪。吃畢。王經接了茶盞下去。韓道國便開言說道。小人承老爹莫大之恩。一向在外。家中小媳婦。蒙老爹看顧。王經又蒙擡舉。叫在宅中答應。感恩不淺。今日與媳婦兒商議。無甚孝順。治了一杯水酒兒。請老爹過來坐坐。前日因哥兒沒了。雖然小人在那里。媳婦兒因感了些風寒。不曾往宅裡弔問的。恐怕老爹惱。今日一者請老爹解解悶。二者就恕俺兩口兒罪。西門慶道。無事。又教你兩口兒費心說着。只見王六兒也在旁邊小杌兒坐下。因向道國道。你和老爹說了不曾。道國道。我還不曾說哩。西門慶問道。是甚麼。王六兒道。他今日心裡要內邊請兩位姐兒來伏侍老爹。恐怕老爹計較。又不敢請。隔壁樂家常走的一個女兒。姓申名喚申二姐。諸般大小時樣曲兒。連數落都會唱。我前日在宅里見那一位郁大姐。唱的也中中的。還不如這申二姐唱的好。教我今日請了他來。唱與爹聽。未知你老人家。心下何如。若好。到明日叫了宅裡去。唱與他娘每聽。他也常在各人家走。若叫他。預先兩日定下他。他並不敢悞了。西門慶道。既是有女兒。亦發好了。你請出來我看看。不一時。韓道國教玳安上來。替老爹寬去衣服。一面安放卓席。胡秀拿果菜案酒上來。無非是鴨腊蝦米海味燒餚飿之類。當下王六兒把酒打開。盪熱了。在旁執壺。道國把盞與西門慶安席坐下。然後纔叫上申二姐來。西門慶睜眼觀看他。高髻雲鬟。插着幾枝稀稀花翠。淡淡釵梳。絲衫紅裙。顯一對金蓮趫趫。桃腮粉臉。抽兩道細細春山。青石墜子耳邊垂。糯米銀牙喻口內。望上花枝招颭。與西門慶磕了四個頭。西門慶便道請起。你今青春多少。申二姐道。小的二十一歲了。又問你記得多少小唱。申二姐道。小的大小也記百十套曲子。西門慶令韓道國旁邊安下個坐兒與他坐。那申二姐向前行畢禮。方纔坐下。先拏箏來唱了一套秋香亭。然後吃了湯飯。添換上來。又唱了一套半萬賊兵。落後酒闌上來。西門慶分付把箏拏過去。取琵琶與他。等他唱小詞兒我聽罷。那申二姐一逕要施逞他能彈接唱。一面輕搖羅袖。款跨鮫綃。頓開喉音。把絃兒放得低低的。彈了個四不應山坡羊。

一向來。不曾和寃家面會。肺腑情。難稍難寄。我的心誠想着你。你為我懸心掛意。咱兩個相交。不分個彼此。山盟海誓。心中牢記。你比鶯鶯重生而再有。可惜不在那蕭東寺。不由人一見了。眼角冉留情。來呵。玉貌生春。你花容無比。聽了聲嬌姿。好教人目斷東墻。把西樓倦倚。

意中人。兩下裡懸心掛意。意兒裡。不得和你兩個眉來眼去。去了時。強挨孤枕。枕兒寒。衾兒剩。瑤琴獨對。病體如柴。瘦損了腰肢。知道你夫人行應難離。倒等的我寸心如醉。最關心。伴着這一盞寒燈。來呵。又被風弄竹聲。只道多情到矣。急作忙。出離了書幃。不想是花影輕搖。月明如水。

唱了兩個山坡羊。吁了斟酒。那韓道國教渾家篩酒上來。滿斟一盞。遞與西門慶因說申二姐。你還有好鎖南枝。唱兩個兒與老爹聽。那申二姐改了調兒。唱鎖南枝道。

初相會。可意人。年少青春。不上二旬。黑鬖鬖兩朶烏雲。紅馥馥一點朱唇。臉賽夭桃如嫩笋。若生在畫閣蘭堂。端的也有個夫人分。可惜在章臺。出落做下品。但能勾改嫁從良。勝強似棄舊迎新。

初相會。可意嬌。月貌花容。風塵中最少。瘦腰肢一捻堪描。俏心腸百事難學。恨只恨和他相逢不早。常則願席上樽前。淺斟低唱相偎抱。一覷一個真。一看一個飽。雖然是半霎歡娛。

權且將悶減愁消。

西門慶聽了這兩個鎖南枝。正打着他初請了鄭月兒那一節事來。心中甚喜。又見他叫了個賞音王六兒在旁滿滿的又斟上一盞笑嘻嘻說道。爹你慢慢兒的消飲。申二姐這個。纔是零頭兒。他還記得好些小令兒哩。到明日閒了。拏轎子接了。唱與他娘每聽。又說宅中那位唱姐兒。西門慶道。那個是常在我家走的郁大姐。這好些年代了。王六兒道。管情申二姐到宅裡。比他唱的高。爹到明日呼喚他早些兒來對我說。我使孩子。早拏轎子去接他。送到宅內去。西門慶因說。申二姐我重陽那日。使人來接你。去不去。申二姐道。老爹說那里話。但呼喚小的。怎敢違悞。西門慶聽見他說話兒。心中大喜。不一時。交杯換盞之間。

王六兒恐席間說話不方便。教他唱了幾套。悄悄向韓道國說教小廝招弟兒。送過他那邊樂三嫂家歇去罷。臨去拜辭西門慶。門慶向袖中。掏出一包兒三錢。賞賜與他買絃。那申二姐。連忙花枝招颭。向西門慶磕頭謝了。西門慶約下我初八日。使人請你去。那王六兒道。爹只教王經來對我說。等這里教小廝送他去。那申二姐拜辭了韓道國夫婦。招弟領着。往隔壁去了。那韓道國。打發申二姐去了。與老婆說知。就往鋪子里睡去了。只落下老婆在席上。陪西門慶。擲骰飲酒。吃了一回。兩個看看吃的涎將上來。西門慶推起身。往後邊更衣。就走入婦人房裡。兩個頂門頑耍。王經便把燈燭拏出來。在前半間內。和玳安琴童兒。三個做一處飲酒。那後生胡秀。不知道多咱時分。在後邊廚下偷吃多幾碗酒。打發厨子去了。走在王六娘隔壁半間供養佛祖先堂兒內地下。鋪着一領蓆。就睡着了。睡了一覺起來。原來與那邊卧房。止隔着一層板壁兒。忽聽婦人房裡聲喚。起來。這胡秀。只見板壁縫兒。透過燈亮兒來。只道西門慶去了。韓道國在房中宿歇。暗暗用頭上簪子取下來。刺破透板縫中糊的紙。打一往那邊張看。見那邊房中。亮騰騰點着燈燭。不想西門慶和老婆在屋里。兩個正幹得好。伶伶俐俐。看見把老婆兩隻腿。却是用脚帶。弔在床頂上。西門慶上身。止着一件綾襖兒。下身赤露。就在床沿上。兩個一來一往。一動一靜。摃打的連身响亮。老婆口裡。百般言語。都叫將出來。淫聲艷語。通做成一塊。良久。只聽老婆說我的親達。你要燒淫婦。隨你心裡。揀着那塊。只顧燒淫婦不敢攔你。左右淫婦的身子。屬了你。顧的那些兒了。西門慶道。只怕你家裡的嗔是的。老婆道。那忘八七個頭。八個膽。他敢嗔。他靠着那裡過日子哩。西門慶道。你既是一心在我身上。到明日等賣下銀子。這遭打發他。和來保起身。亦發留他長遠在南邊。立庄。做個買手。家中已有甘夥計發賣。那里只是缺少個買手。看着置貨。老婆道。等走過兩遭兒回來。却教他去省的閒着在家。做甚麼。他說道。倒在外邊走慣了。一心只要外邊去。他江湖從小兒走過。甚麼買賣。客貨中事兒。不知道。你若下顧他可知好哩。等他回來。我房裡替他尋下一個。我也不要他。一心撲在你身上。隨你把我安插在那里就是了。我若說一句假。把淫婦不值錢身子。就爛化了。西門慶道。我兒。你快休賭誓。

這裡兩個。一動一靜。都被這胡秀聽了個不亦樂乎。那韓道國先在家中。不見胡秀。只說往鋪子裡睡去了。走到段子鋪裡。問王顯榮海。說他沒來。韓道國一面又走回家。叫開門。前後尋胡秀那里得來。只見王經陪玳安琴童三個在前邊吃酒。這胡秀聽見他的語音來家。連忙倒在蓆上。又推睡了。不一時。韓道國點燈尋到佛堂地下。看見他鼻口內打鼾睡。用腳踢醒。罵道賊野狗死囚。還不起來。我只說先往鋪子裡睡去。你原來在這里。挺的好覺兒。還不起來跟我去。那胡秀起來。推揉了揉眼。瞜瞜睜睜。跟道國往鋪子里去了。西門慶弄老婆。直弄勾有一個時辰。方纔了事。燒了王六兒心口裡。并毯蓋子上尾停骨兒上。共三處香。老婆起來穿了衣服。教丫鬟打發舀水。淨了手。重篩煖酒。再上佳肴。情話攀盤。又吃了幾鍾。方纔起身上馬。玳安王經琴童三個跟着到家中。已有二更天氣。走到李瓶兒房中。李瓶兒睡在床上。見他吃的酬酬兒的進來。說道你今日在誰家吃酒來。西門慶悉把韓道國家請我。見我丟了孩子。與我釋悶。他家叫了個女先生申二姐來。年紀小小。好不會唱。又不說郁大姐。等到明日重陽。使小厮拏轎子。接他來家唱兩日你每聽。就與你解解悶。你緊心裡不好。休要只顧思想他了。說着就要叫迎春來脫衣裳。和李瓶兒睡。李瓶兒道。你沒的說。我下邊不住的長流。丫頭火上替我煎着藥哩。你往別人屋里睡去罷。你看着我成日好模樣兒罷了。只有一口遊氣兒。在這里邊來纏我起來。西門慶道。我的心肝。我心里捨不的你。只要和你睡。如之柰何。李瓶兒瞟了他一眼。笑了。笑兒。誰信你那虛嘴掠舌的。我到明日死了。你也捨不的我罷。又道亦發等我好好兒。你再進來和我睡。也是不遲。那西門慶坐了一回。說道罷罷。你不留我等我往潘六兒那邊睡去罷。李瓶兒道着來。你去。省的屈着你那心腸兒。他那里正等的你火裡火發。你不去。却忙惚兒來我這屋裡纏。西門慶道。你恁說。我又不去了。那李瓶兒微笑道。我哄你哩。你去麽。于是打發西門慶過去了。這李瓶兒起來。坐在床上。迎春伺候他吃藥。拏起那藥來。止不住撲簌簌。從香腮邊滚下淚來。長吁了一口氣。方纔吃那盞藥。正是心中無限傷心事。付與黃鸝叫幾聲。不說李瓶兒吃藥睡了。单表西門慶到于潘金蓮房里。金蓮纔教春梅。罩了燈。上床睡下。怨兒西門慶推開門進來。便道我兒又早睡了。金蓮道。稀罕那陣風兒。刮你到我這屋里來。因問你今日。往誰家吃酒去來。西門慶道。韓夥計打南邊來。見我没了孩子。一者與我釋悶。二者照顧了他外邊走了這遭。請我坐坐。金蓮道。他便在外邊。你在家。却照顧了他老婆了。西門慶道。夥計家。那里有這道理。婦人道。夥計家。有這個道理。齊腰拴着根線兒。只怕合過界兒去了。你還搗鬼哄俺每哩。俺每知道的。不耐煩了。你生日時。賊淫婦。他没在這里。你悄悄把李瓶兒壽字簪子。黃猫黑尾偷與他。却教他戴了來這里施展。大娘孟三兒。這一家子。那個没看見。乞我相問着他。那臉兒上紅了。他没告訴你。今日又摸到那里去了。賊没廉耻的貨。你家外頭還少哩。也不知怎的一個大摔瓜。長淫婦。喬眉喬樣貓的那水鬢長長的。搽的那嘴唇鮮紅的。倒人家那血毴甚麽好老婆。一個大紫膛色黑淫婦。我不知你喜歡他那些兒。顛道把忘八舅子也招惹將來。却一早一晚。教他好往回傳稍話兒。那西門慶堅執不認。笑道怪小奴才兒。单嘗口。胡說。那里有此勾當。今日他男子漢陪我坐。他又沒出來。婦人道。你拏這個話兒來哄我。誰不知他漢子。是個明忘八。又放羊。又拾柴。一徑把老婆丟與你。圖你家買賣做。要撰你的錢使。你這儍行貨子。是好四十里。聽銃响罷了。見西門慶脫了衣裳。坐在床沿上。婦（這是証見）人探出手來。把褲子扯開。摸見那話軟叮噹的。托子還帶在上面。說道可又來。你臘鴨子。煮到鍋裡。身子兒爛了。嘴頭兒還硬。見放着不語先生。在這里強道。和那淫婦。怎麽弄聳聳到這咱晚纔來家。弄的恁軟。如鼻涕濃瓜醬的。嘴頭兒還强哩。你賭幾個誓。我教春梅舀一瓶子凉水。你只吃了。我就筭你好膽子。論起來。塩也是這般醎。酸也是這般酸。禿子包網巾。饒這一抿子兒也罷了。若是信着你意兒。把天下老婆都耍遍了罷。賊没羞的貨。一個大眼裡火行貨子。你早是個漢子。若是個老婆。就養遍街。合遍巷。屬皮匠的。逢着的就上。幾句說的西門慶。睜睜的上的床來。教春梅。篩熱了燒酒。把金穿心盒兒內。掐了一粒。放在口裡咽下去。仰臥在枕上。令婦人我兒。你下去。替你達品品起來。是你造化。那婦人一徑做喬張智。便道好乾淨兒。你在那淫婦窩襬子里。鑽了來。教我替你咂可不愛殺了我。西門慶道。怪小淫婦兒。单管胡說白道的。那里有此勾當。婦人道。那里有此勾當。你指着肉身子。賭個誓麼。亂了一回。教西門慶下去使水。西門慶不肯下去。婦人旋向袖子裡。掏出通花汗巾來。將那話抹展了一回。方纔用朱唇裹沒。嗚咂半晌。登時咂弄的那話。奢稜跳腦。暴怒起來。乃騎在婦人身上。縱麈柄自後插入牝中。兩手兜其股。蹲踞而擺之。肆行搧打。連聲響亮。燈光之下。窺翫其出入之勢。婦人倒伏在枕畔。舉股迎湊者久之。西門慶與猶不愜。將婦人仰臥朝上。那話上使了粉紅藥兒。頂入去。執其雙足。又舉腰沒稜露腦。掀騰者將一二三百度。婦人禁受不的。瞑目顫聲。沒口子叫達達。你這遭兒。只當將就我。不使上他也罷了。西門慶口中呼叫道。小滛婦兒。你怕我不怕。再敢無禮不敢。婦人道。我的達達。罷麼。你將就我些兒。我再不敢了。達達慢慢提看提撒了我的頭髮。兩個顛鸞倒鳳。又狂了半夜。方纔體倦而寢。話休饒舌。又早到重陽令節。西門慶對吳月娘說。韓夥計家。前日請我席上。唱的一個申二姐。生的人材又好。又會唱。琵琶箏都會。我使小厮接他去。等接了他來。留他兩日。教他唱與你每聽。于是分付廚下。收拾酒菓肴饌。在花園大捲棚。聚景堂內。安放大八仙卓席。放下簾來。合家宅眷。在那里飲酒。慶賞重陽佳節。不一時。王經轎子。接的申二姐到了。入到後邊。與月娘衆人磕了頭。月娘見他年小。生的好模樣兒。問他套數。倒會不多。若題諸般小曲兒。山坡羊。鎖南枝。兼數落。倒記的有十來個。一面打發他吃了茶食。先教在後邊唱了兩套。然後花園擺設下酒席。那日西門慶。不曾往衙門中去。在家看着栽了菊花。請了月娘李嬌兒。孟玉樓。潘金蓮。李瓶兒。孫雪娥。并大姐。都在席上坐的。春梅玉簫。迎春。蘭香。在旁斟酒伏侍。申二姐。先拏琵琶在旁彈唱。那李瓶兒。在房中身上不方便。請了半日。纔請了來。恰似風兒刮倒的一般。強打着精神。陪西門慶坐。衆人讓他酒兒也不大好生吃。西門慶和月娘見他面帶憂容。眉頭不展。說道李大姐。你把心放開。教申二姐。唱個曲兒你聽。玉樓道你說與他。教他唱甚麽曲兒。他好唱。那李瓶兒只顧不說。正飲酒中間。忽見王經走來。說道應二爹。常二叔來了。西門慶道。請你應二爹常二叔。在小捲棚里坐。我就來。王經道。常二叔教人拏了兩個盒子在外頭。西門慶向月娘道。此是他成了房子。買了些禮來謝我的意思。月娘道。少不的安排些甚麽管待他。怎好空了他去。你陪他坐去。我這里分付看菜兒。西門慶臨出來。又叫申二姐。你好歹唱個好曲兒。與他六娘聽。一直往前邊去了。金蓮道。也沒見這李大姐。隨你心裡說個甚麼曲兒。教申二姐唱個你聽。就是了。辜負他爹的心。此來爲你。叫將他來。你又不言語的。于是催逼的李瓶兒急了。半日纔說出來。你唱個紫陌紅徑俺每聽罷。那申二姐道。這個不打緊。我有。于是取過筝來。排開鴈柱。調定冰絃。頓開喉音。唱折腰一枝花。

紫陌紅徑。丹青妙手難畫成。觸目繁華如鋪錦。料應是春負我。非是辜負了春。爲着我心上人。對景越添愁悶。

東風令花零亂。柳成陰。蝶困蜂迷鶯倦吟。方纔眼睜。心兒裡忘了。想啾啾喞喞。呢喃燕。重將舊恨。舊恨又題醒。撲簌簌淚珠兒暗傾。

(滿園春)悄悄庭院深。默默的情掛心。涼亭水閣。果是堪宜宴飲。不見我情人。和誰兩個同樽。把絲絃再理。將琵琶自撥。是奴欲歌悶情。怎如倦聽。

(東甌令)榴如火。簇紅錦。有焰無烟。燒碎我心。懷着向前。欲待要摘一朶。觸觸拈拈不堪　怕奴家花貌。不似舊時人伶伶仃仃。怎宜樣簪。

(梧桐樹)梧葉兒飄。金風動。漸漸害相思。落入深深井。一日夜長難捱孤枕。懶上危樓。望我情人。未必薄情。與奴心相應。他在那里。那里貪歡戀飲。

(東甌令)菊花綻。桂花零。如今露冷風寒。秋意漸深。驀聽的窓兒外幾聲，幾聲孤鴈，悲悲切切，如人訴，最嫌花下砌畔小蛩吟，咭咭咭咭，惱碎奴心。

〔浣溪沙〕風漸急，寒威凜，害想思，最恐怕黃昏，沒情沒緒，對着一盞孤燈，窗兒眼數教還再輪，畫角悠悠聲透耳，一聲聲哽咽難聽，愁來別酒強重斟，酒入悶懷珠淚傾。

〔東甌令〕長吁氣，兩三聲，斜倚定幃屏兒思量那個人，一心指望夢兒里，畧畧重相見，撲撲簌簌雪兒下，風吹簷馬，把奴夢魂驚，叮叮噹噹，攪碎了奴心。

〔尾聲〕爲多情，牽掛心，朝思暮想淚珠傾，恨殺多才不見影。

唱畢，吳月娘道，李大姐，你好甜酒兒，吃上一鍾兒，那李瓶兒又不敢違阻了月娘，拏起鍾兒來，咽了一口兒，又放下了，強打着精神兒與衆人坐的。坐不多時。下邊一陣熱熱的來。又往屋里去了。不說這里內眷。单表西門慶。到于小捲棚翡翠軒。只見應伯爵與常時節。在松墻下。正看菊花。原來松墻兩邊。擺放二十盆。都是七尺高。各樣有名的菊花。也有大紅袍。狀元紅。紫袍金帶。白粉西。黃粉西。滿天星。醉楊妃。玉牡丹。鵞毛菊。鴛鴦花之類西門慶出來。二人向前作揖。常時節即與跟來人。把盒兒擡進來。西門慶一見便問。又是甚麽。伯爵道。常二哥。蒙你厚情。成了房子。無甚麽酧荅。敎他娘子製造了這螃蟹鮮。并兩隻爐燒鴨兒。邀我來同和哥坐坐。西門慶道。常二哥。你又費這個心做甚麽。你令正病纔好些。你又禁害他。伯爵道。我也是恁說。他說道別的東西兒來。恐怕哥不稀罕。西門慶令左右。打開盒兒觀看。

四十個大螃蟹。都是剔剝淨了的。裏邊釀着肉。外用椒料薑蒜米兒團粉褁就。香油煠醬油醋造過。香噴噴酥脆好食。又是兩大隻院中爐燒熟鴨。西門慶看了。即令春鴻王經掇進去。分付拏五十文錢。賞拏盒人。因向常時節謝畢。琴童在旁。掀簾請入翡翠坐的。伯爵只顧誇奬不盡好菊花。問哥是那里尋的。西門慶道。是管磚廠劉太監送我這二十盆。伯爵道。連這盆。西門慶道。就連這盆。都送與我了。伯爵道。花到不打緊。這盆正是官窑雙箍鄧漿盆。又吃年代。又禁水漫。都是用絹羅打用脚跐過泥。纔燒造這個物兒。與蘇州鄧漿磚一個樣兒做法。如今那里尋去。誇了一回。西門慶喚茶來吃了。因問常二哥。幾時搬過去。伯爵道。從兌了銀子。三日就搬過去了。那家子巳是尋下房子。兩三日就搬了。昨見好日子。買刮了些雜貨兒門首把鋪兒也開了。就是常二嫂兒弟。替他在鋪兒里。看銀子兒西門慶道。俺每幾時買些禮來。休要人多了。再邀謝子純你三四位。我家裡整理菜兒擡了去。休費煩常二哥。一些東西兒。叫兩個妓者。咱每替他煖煖房。耍一日。常時節道。小弟有心。也要請哥坐坐。算計來不敢請。地方兒窄狹。恐怕哥受屈馳。西門慶道。沒的扯淡。那里又費他的事起來。如今使小廝。請將謝子純來。和他說說。卽令琴童兒快請你謝爹去。伯爵因問哥。你那日叫那兩個去。西門慶笑道。叫你鄭月娘和洪四兒。夫洪四兒令打掇鼓兒唱慢山坡羊兒。伯爵道哥。你是個人。你請他。就不對我說聲。我怎的也知道了。比李桂兒風月如何。西門慶道。通色絲子女。不可言。

伯爵道。他怎的前日你生日時。那等不言語。扭扭的。也是個肉佞賊小淫婦兒。西門慶道。等我到幾時再去着。也携帶你走走。你月娘兒。會打的好雙陸。你和他打兩貼雙陸。伯爵道。等我去混那小淫婦兒。休要慣了他。西門慶道。你這歪狗材。不要惡識他便好。正說着。謝希大到了。聲喏畢。坐下。西門慶道。常二哥。如此這般。新有了華居。瞞着俺每。已搬過去了。咱每人隨意出些分資。休要費煩他絲毫。我這里整治停當。教小廝擡了他府上。我還叫兩個妓者。咱耍一日何如。謝希大道。哥分付每人出多少分資。俺每都送哥這里來。就是了。還有那幾位。西門慶道再没人。只這三四個兒。每人二星銀子。就勾了。伯爵道。十分人多了。他那裡没地方兒。正說着。只見琴童來說。吳大舅來了。西門慶道請你大舅這里來坐不一時吳大舅進入軒內先與三人作了揖然後與西門慶敘禮坐下小厮拿茶上來同吃了茶吳大舅起身說道請姐夫到後邊說句話兒西門慶連忙讓大舅到于後邊月娘房里月娘還在捲棚內與眾姊妹吃酒聽唱聽見小厮說大舅來了爹陪着在後邊坐着說話哩一面走到上房見大舅道了萬福叫小玉遞上茶來大舅向裡中取出十兩銀子遞與月娘說道昨日府上纔領了三錠銀子姐夫且收了這十兩餘者待後次再送來西門慶道大舅你怎的這般計較且使着慌怎的大舅道我恐怕遲了姐夫的西門慶因問倉厫修理的也將完了大舅道還得一個月將完西門慶道工完之時一定撫按有些獎勵大舅道今年考選軍政在邇還望姐夫

扶持。大巡上替我說說。西門慶道。大舅之事。都在于我。說畢話。月娘道請大舅來前邊坐。大舅道。我去罷。只怕他三位來。有甚話說。西門慶道。沒甚麽話。常二哥新近。問我借了幾兩銀子。買下了兩間房子。已搬過去了。今日買了些禮兒來謝我節間。留他每坐坐。不想大舅來的正好。于是讓至前邊坐下。月娘連忙教廚下。打發菜兒上去。琴童與王經。先安放八仙卓席端正。拿上小菜果酒上去。西門慶旋教開庫房。拏去一罎夏提刑家送的菊花酒來。打開碧靛清噴鼻香。未曾篩。先攙一瓶京水。以去其蓼辣之性。然後貯于布甑內。篩出來。醇厚好吃。又不說葡萄酒。教王經用小金鍾兒斟一杯兒。先與吳大舅嘗了。然後伯爵等。每人都嘗訖。極口稱羨不已。須臾大盤大碗。嗄飯肴品擺將上來堆滿卓上先拿了兩大盤玫瑰菓餡蒸糕蘸着白砂糖衆人乘熱一搶着吃了一頓然後纔拿上釀螃蠏并兩盤燒鴨子來伯爵讓大舅吃連謝希大也不知是甚麼做的這般有味酥脆好吃西門慶道此是常二哥家送來的大舅道我空癡長了五十二歲並不知螃蠏這般造作委的好吃伯爵又問道後邊嫂子都嘗了嘗兒不曾西門慶道房下每都有了伯爵道也難爲我這常嫂也這般好手段兒常時節笑道賤累還恐整理的不堪口教列位哥笑話吃畢螃蠏左右上來斟酒西門慶令春鴻和書童兩個在旁一遞一個歌唱南曲應伯爵忽聽大捲棚内彈箏歌唱之聲便問道哥今日有李桂姐在這里不然如何這等音樂之聲西門慶道你再聽着是不是伯爵道李桂姐不

是就是吳銀兒西門慶道你這花子单管只瞎謅倒是個女先
生伯爵道不是郁大姐西門慶道不是他這個姓申二姐年小
哩好個人材又會唱伯爵道眞個這等好哥怎的不擡出來俺
每瞧瞧又唱個兒俺每聽西門慶道今日你衆娘每大節間叫
他來賞重陽頑耍偏你這狗材耳朶內聽的見伯爵道我便是
千里眼順風耳隨他四十里有蜜蜂兒叫我也聽見了謝希大
道你這花子兩耳朶似竹簽兒也似愁聽不見兩個又頑笑了
一回伯爵道哥你好歹叫他出來俺每見見俺每不打緊教他
只當唱個兒與老舅聽也罷了休要就古執了西門慶乞他逼
追不過一面使王經領申二姐出來唱與大舅聽不一時申二
姐來望上磕了頭起來旁邊安放校床兒與他坐下伯爵問申

二姐。青春多少。申二姐回道屬牛的。二十一歲了。又問會多少小唱。申二姐道。琵琶箏上套数小唱。也會百十來個。伯爵道。你會許多唱也勾了。西門慶道。申二姐。你拏琵琶唱小詞兒罷省的劳動了你。說你會唱四夢八空。你唱與大舅聽。分付王經書童兒席間斟上酒。那申二姐。款跨鮫綃。微開檀口。唱羅江怨道。

、懨懨病轉濃甚日消融。春思夏想秋又冬。滿懷愁悶。訴與天公也。天有知呵。怎不把恩情送。恩多也是個空情多也是個空。都做了南柯夢。

、伊西我在東。何日再逢。花箋慢寫封又封。叮嚀囑付與鱗鴻也。他也不忠。不把我這音書送。思量他也是空。埋怨他也是空。都做了巫山夢。

恩情逐曉風。心意懶慵。伊家做作無始終。山盟海誓。一似耳
邊風也。不記當時多少恩情重。虧心也是空。痴心也是空。都
做了蝴蝶夢。

惺惺似懞懂。落伊套中。無言暗把珠淚湧。口心誰想不相同
也。一片真心。將我厮調弄。得便宜也是空。失便宜也是空。都
做了陽臺夢。

不說前邊彈唱飲酒。且說李瓶兒歸到房中。坐淨桶。下邊似尿
也一般。只顧流將起來。登時流的眼黑了。起來穿裙子。忽然一
陣旋暈的。向前一頭搭倒在地。饒是迎春在旁。攙扶着還把額
角上磕傷了皮。和奶子攙到炕上。半日不省人事。慌了迎春。使
繡春連忙快對大娘說去。那繡春走到席上。報與月娘衆人。俺

娘在房中暈倒了。這月娘撇了酒席。與衆姊妹慌忙走來看視見迎春奶子兩個。攙扶着他。坐在炕上。不省人事。便問他好好的進屋里。端的怎麽來就不好了。迎春揭開淨桶。與月娘瞧。把月娘諕了一跳。說道此是他剛纔只怕吃了酒。助赶的他這血旺了。流了這些。玉樓金蓮。都說他幾曾大好生吃酒來。一面煎燈心薑湯灌他。半晌甦着過來。纔說出話兒來了。月娘問李大姐。你怎的來。李瓶兒道。我不怎的。坐下桶子。起來穿裙子。只見眼面前黑黑的一塊子。就不覺天旋地轉起來。由不的身子就倒了。月娘便要使來安兒。請你爹進來。對他說。教他請任醫官來看你。那李瓶兒又嗔教請去。休要大驚小怪。打攪了他吃酒。月娘分付迎春。打鋪教你娘睡罷。月娘于是也就吃不成酒了。

分付收拾了家火。都歸後邊去了。西門慶陪侍吳大舅衆人至晚歸到後邊月娘房中。月娘告訴李瓶兒跌倒之事。西門慶慌走到前邊來看視。見李瓶兒睡在炕上面色臘查黃了。扯着西門慶衣袖哭泣。西門慶問其所以。李瓶兒道。我到屋裡坐橋子。不知怎的下邊。只顧似尿也一般流起來。不覺眼前一塊黑黑的起來。穿裙子。天旋地轉。就跌倒了。恁甚麼就顧不的了。西門慶見他額上。磕傷一道油皮。說道。丫頭都在那里。不看你。怎的跌傷了面貌。李瓶兒道。還虧大丫頭。都在根前。和奶子攙扶着我。不然。還不知跌得怎樣的。西門慶道。我明日還早使小廝。請任醫官來看你看。當夜就在李瓶兒對面床上睡了一夜。次日早辰。打發往衙門里去。旋使琴童騎頭口。請任醫官去了。直到晌午纔來西門慶先在大廳上陪吃了茶使小廝說進去李瓶兒房里收拾乾凈薰下香然後請任醫官到房中胗畢脉走出外邊廳上對西門慶說老夫人脉息比前番甚加沉重些七情感傷肝肺火太盛以致木旺土虛血熱妄行猶如山崩而不能節制復使大官兒後邊問去若所下的血紫者猶可以調理若鮮紅者乃新血也學生撮過藥來若稍止則可有望不然難爲矣西門慶道望乞老先生留神加減學生必當重謝任醫官道是何言語你我厚間又是明川情分學生無不盡心西門慶待畢茶送出門隨即具一疋杭絹二兩白金使琴童兒討將藥來名曰歸脾湯乘熱而吃下去其血越流之不止西門慶越發慌了又請大街口胡太醫來瞧胡太醫說是氣冲血管熱入血室亦

取將藥來吃下去。如石沉大海一般。月娘見前邊亂着請太醫。只留申三姐住了一夜。與了他五錢銀子。一件雲絹比甲兒并花翠裝了個盒子。打發他坐轎子去了。花子由自從開張那日。吃了酒去。聽見李瓶兒不好。至是使了花大嫂。買了兩物禮來。看。他見他瘦的黄懨懨兒。不比往時。兩個在屋裡。大哭了一回。月娘後邊擺茶。請他吃了。韓道國說。東門外住的一個看婦人科的趙太醫。指下明白。極看得好。前歲小姪媳婦。月經不通。是他看來。老爹這里差人。請他來看看六娘。管情就好。西門慶於是就使玳安同王經兩個。疊騎着頭口。往門外請趙太醫去了。西門慶請了應伯爵來。在廂房坐的。和他商議第六個房下。甚是不好的重。如之柰何。伯爵失驚道。這個嫂子。貴恙說好些。怎的又不好起來。西門慶道。自從小兒沒了。一向着了憂慼。把病來又犯了。昨日重陽。我說接了申二姐。節間你每打夥兒散悶頑耍。他又沒大好生吃酒。誰知走到屋中。就不好暈起來。一交跌倒在地。把臉都磕破了。請任醫官來看。說脉息比前沉重。吃了藥。倒越發血盛了。伯爵道。哥。你請胡太醫來看。怎的說。西門慶道。胡太醫說。是氣冲了血管。吃了他的。也不見動靜。今日韓夥計說。門外一個趙太醫。名喚趙龍崗。專科看婦女。我使小廝騎頭口請。去了一回。把我焦愁的了不得。生生爲這孩子不好。是白日黑夜思慮。起這病來了。婦女人家。又不知個回轉。勸着他。又不依你。教我無法可處。正說着。平安來報。喬親家爹來了。西門慶一面讓進廳上坐。敘禮已畢。坐下。喬大戶道。聞得六親家母有些不安。昨日舍甥到家。請房下便來奉看。西門慶道。便是。一向因小兒沒了。他着了憂慼。身上原有些不調。又感發起來了。蒙親家掛心。喬大戶道。也曾請人來看不曾。西門慶道常吃任後溪的藥。昨日又請大街胡先生來看。吃藥越發轉盛。今日又請門外。專看婦人科趙龍崗去了。喬大戶道。咱縣門前住的行醫何老人。大小方脉俱精。他兒子何岐軒。見今上了個冠帶醫士。親家何不請他來看看親家母。西門慶道。既是好。等小价請了趙龍崗來。看了脉息。看怎的說。再請他來不遲。喬大戶道。親家依我愚見。如今請了何老人來。看了親家母脉息。講說停當。安在廂房內坐的。待盛价門外。請將趙龍崗來。看他脉了脉。怎麽說。教他兩個細講一講。就論出病原來了。然後下藥。無有個不效之理。西門慶道。親家說的是。一面使玳安拏我拜帖兒。和喬通去。請縣門前行醫何老人來。玳安等應諾去了。西門慶請伯爵到廳上。與喬大戶相見。同坐一處吃茶。那消片晌之間。何老人到來。進門與西門慶喬大戶等。作了揖。讓于上面坐下。西門慶舉手道。數年不見你老人家。不覺越發蒼髯皓首。喬大戶又問令郎先生。肆業盛行。何老人道。他逐日縣中迎送也不得閒。倒是老拙。常出來看病。伯爵道。你老人家高壽了。還這等健朗。何老人道。老拙今年痴長八十一歲。敘畢話。看茶上來吃了。小廝談進去。須臾請至房中。就床看李瓶兒脉息。旋攙扶起來。坐在炕上。挽着香雲。阻隔三焦。形容瘦的十分狠狽了。但見他面如金紙。體似銀條。看看減褪丰標。漸漸消磨精彩。胸中氣急。連朝水米怕沾唇。五臟膨脝。盡日藥丸難下腹。隱隱耳虛聞磬響。昏昏眼暗覺螢飛。六脉細沉。東岳判官催命去。一靈縹緲。西方佛子喚同行。喪門弔客已臨身。扁鵲盧醫難下手。

那何老人看了脉息。出來外邊廳上。向西門慶喬大戶說道。這位娘子。乃是精冲了血管起。然後着了氣惱。氣與血相搏。則血如崩。細思當初起病之由。看是也不是。西門慶道。你老人家如何治療。正相論間。忽報琴童和王經。門外請了趙先生來了。何老人便問是何人。西門慶道。也是夥計舉來一醫者。你老人家。只推不知。待他看了脉息出來。你老人家。和他兩個相講一講。好下藥。不一時。從外而入。西門慶與他敘禮畢。然後與衆人相見何二老居中。謙他在左。應伯爵在右。西門慶主位相陪。來安兒拿上茶來吃了。收下盞託去。此人便問二位尊長貴姓。喬大户道。俺二人一位姓何。一位姓喬。伯爵道。在下姓應。敢問先生高姓。尊寓何處。治何生理。其人荅道不敢在下小子。家居東門外。頭條巷二郎廟。三轉橋。四眼井住的。有名趙搗鬼便是。平生以醫爲業。家祖見爲太醫院院判。家父見充汝府良醫。祖傳三輩。習學醫術。每日攻習王叔和。東垣勿聽子。藥性賦黃帝素問難經。活人書。丹溪纂要。丹溪心法。潔古老脉訣。加減十三方。千金奇効良方。壽域神方。海上方。無書不讀。無書不看。藥用胸中活法。脉明指下玄機。六氣四時。辨陰陽之標格。七表八裡。定關格之沉浮。風虛寒熱之症候。一覽無餘。弦洪芤石之脉理。莫

不通曉。小人拙口鈍腮。不能細陳。聊有幾句。道其梗槩。便道

我做太醫姓趙　門前常有人叫　只會賣杖搖鈴
那有真材實料　行醫不按良方　看脉全憑嘴調
撮藥治病無能　下手取積兒妙　頭疼須用繩箍
害眼全憑艾醮　心疼定敢刀劊　耳聾宜將針套
得錢一味胡醫　圖利不圖見効　尋我的少吉多凶
到人家有哭無笑　正是

半積陰功半養身　古來醫道通仙道

衆人聽了。都呵呵笑了。何老人道。你門裡出身。門外出身。趙太醫道。門裡出身。怎的說。門外出身怎的說。何老人道。你門裡出身。有父待子接脉理之良法。若是門外出身。只可問病下藥而

巳。趙太醫道老先生。你就不知道。古人云。望聞問切。神聖功巧。學生三輩門裡出身。先問病。後看脉。還要觀其氣色。就如同子平兼五星。還要觀手相貌。纔看得準。庶乎不差何老人道既是如此。請先生進看去。西門慶即令琴童後邊說去。又請了趙先生來了。不一時西門慶陪他進入李瓶兒房中。那李瓶兒方纔睡下。安逸一回。又攙扶起來。靠着枕褥坐着。這趙太醫。先胗其左手。次胗右手。便教老夫人抬起頭來。看看氣色。那李瓶兒。真個把頭兒揚起來。趙太醫教西門慶老爹。你問聲老夫人我是誰。西門慶便問李瓶兒你看這位是誰。那李瓶兒擡頭看了一眼。便低聲說道。他是太醫。趙先生道。老爹不妨事。死不成。還認的人哩。西門慶笑道。趙先生。你用心看。我重謝你。一面看視了半日。說道老夫人。此病休怪我說。據看其面色。又胗其脉息。非傷寒則為雜症。不是產後。定然胎前。西門慶道。不是此疾。先生你再仔細胗一胗。先生道。敢是飽悶傷食飲饌多了。西門慶道。他連日飯食通不十分進。趙先生又道。莫不是黃病。西門慶道。不是。趙先生道。不是。如何面色這等黃。又道多管是脾虛泄瀉。西門慶道。也不是泄疾。趙先生道。不泄瀉。却是甚麽怎生的害個病。也教人摸不着頭腦。坐想了半日。說道我想起來了。不是便毒魚口。定然是經水不調勻。西門慶道女婦人那里便毒魚口來。你說這經事不調倒有些近理。趙先生道南無佛耶。小人可怎的也猜着一座兒了。西門慶問如何經事不調勻。趙先生道。不是乾血癆。就是血山崩。西門慶道實說與先生。房下如此這般下邊月水淋漓不止所以身上都瘦弱了你有甚急方合些好藥與他吃我重重謝你趙先生道不打緊處小人有藥等我到前邊寫出個方來好配藥去西門慶一面同他來到前廳喬大戶何老人還未去問他甚麽病源趙先生道依小人講只是經水淋漓何老人道當用何藥以治之趙先生道我有一妙方用着這幾味藥材吃下去管情就好聽我說

甘草甘遂與硇砂藜蘆巴豆與芫花人言調着生半夏用烏頭杏仁天麻這幾味兒齊加葱蜜和丸只一撾清辰用燒酒送下

何老人聽了便道這等藥吃了不藥殺人了趙先生道自古毒藥苦口利于病若早得摔手伶俐强如只顧牽經西門慶道這

厮俱是胡說。教小厮與我扠出去。喬大戶道。夥計既舉保來一場。醫家休要空了他。西門慶道。既是恁說。前邊舖子裡稱二錢銀子。打發他去罷。那趙太醫得了二錢銀子往家。一心忙似箭。兩家走如飛。西門慶見打發趙太醫去了。因向喬大戶說。此人原來不知甚麼。何老人道。老拙纔不敢說。此人東門外。有名的趙搗鬼。專一在街上賣杖搖鈴。哄過往之人。他那里曉的甚脉息病源。因說老夫人此疾。老拙到家。撮兩貼藥來。遇緣看服畢。經水少減。胸口稍開。就好用藥。只怕下邊不止。飲食再不進。就難爲矣。說畢起身。西門慶這里封白金一兩。使玳安拏盒兒。討將藥。晚夕與李瓶兒吃了。並不見其分毫動靜。吳月娘道。你也省可里與他藥吃。他飲食先阻住了。肚腹中有甚麼。兒只顧拿藥陶醫他前者那吳神仙算他二十七歲有血光之災今年却不整廿七歲了你還使人尋這吳神仙去教替他打算算這祿馬數上看如何只怕犯着甚麼星辰替他禳保禳保西門慶這里旋差人拏帖兒往周守備府裡問去那裡說吳神仙雲遊之人來去不定但來只在城南土地廟下今歲從四月裡往武當山去了要打數算命真武廟外有個黃先生打的好數一數只要三錢銀子不上人家門去一生別後事都如眼見西門慶隨即使陳經濟拏三錢銀子逕到北邊真武廟門首抄尋有黃先生家門上貼着抄算先天易數每命卦金三星陳經濟向前作揖奉上卦金說道有一命煩先生推算說與他八字女命年二十七歲正月十五日午時這黃先生把算子一打就說這女

命辛未年。庚寅月。辛卯日。壬午時。理取印綬之格。借四歲行運。四歲巳未。十四歲戊午。廿四歲丁巳。三十四歲丙辰。今年流年丁酉。比肩用事。歲傷日干。計都星照命。又犯喪門五鬼災殺作抄。夫計都者。乃陰晦之星也。其像猶如亂絲而無頭。變異無常。人運逢之。多主暗昧之事。引惹疾病。主正二三七九月病災有損。暗傷財物。小口凶殃。小人所筭。口舌是非。主失財物。若是陰人。大爲不利。斷云。

計都流年臨照　命逢陸地行舟　必然家主皺眉頭

靜裡躊躇無奈　閒中悲慟無休　女人犯此問根由

必似亂絲不久　切記胎前產後　其數曰

莫道成家在晚時　止緣父母早先離

芳姿嬌媚年來美　百計俱全更有恩
傳揚伉儷當寵至　榮合屠羊看虎威
可憐情熟恩情失　命入鷄宮葉落裏

抄畢數封。付與經濟拏來家。西門慶正和應伯爵。溫秀才坐的。見經濟抄了數來。拏到後邊。解說與月娘聽。命中多凶少吉。西門慶不聽便罷。聽了。眉頭搭上三黃鎖。腹內包藏萬斛愁。正是

高貴青春遭大喪　伶俐醒然却受貧
年月日時該定載　筭來由命不由人

畢竟未知後來如何。且聽下回分解。

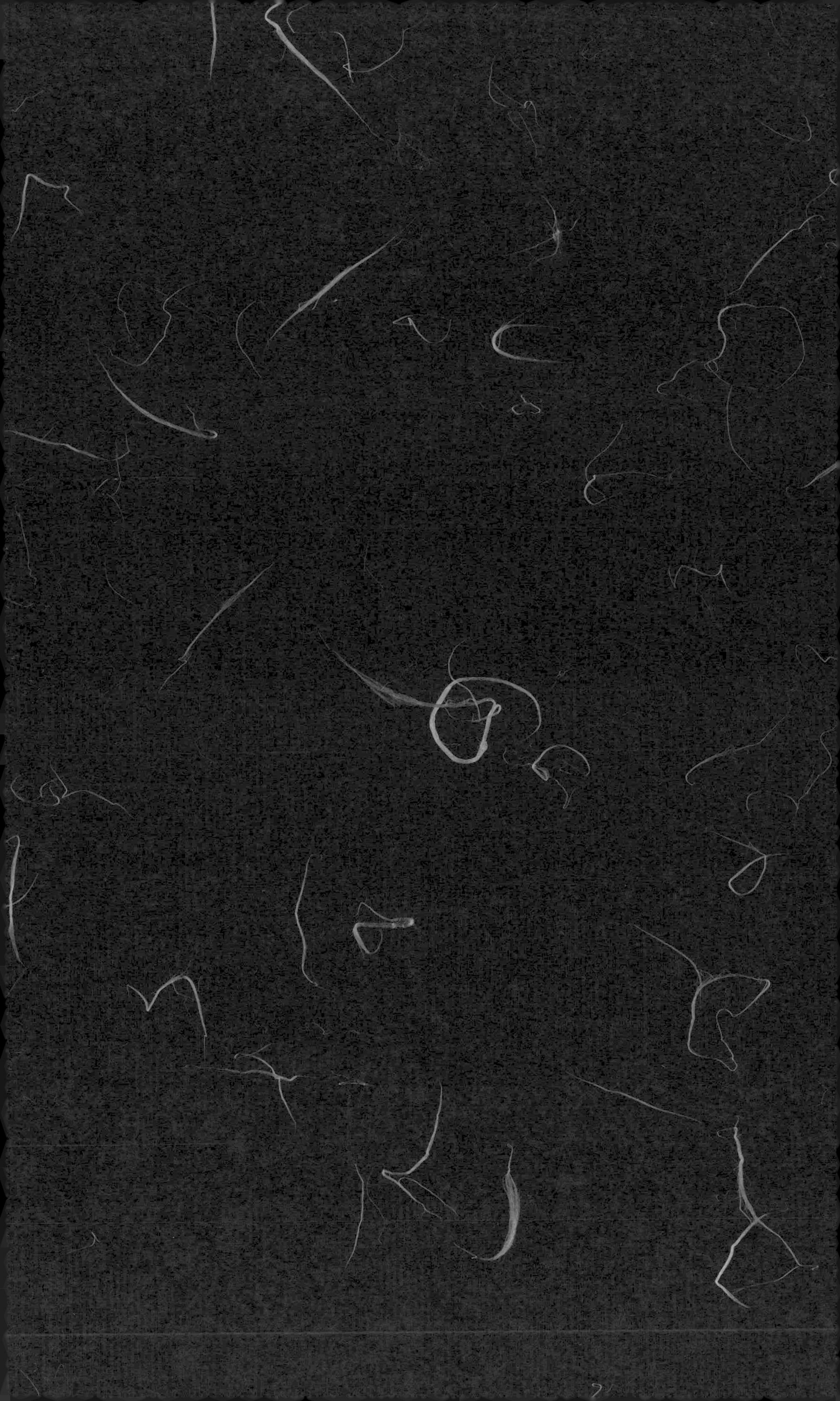